光文社文庫

長編推理小説

とりあえずの殺人

新装版

赤川次郎

光　文　社

とりあえずの殺人　新装版　目次

採用通知

誰《だれ》だか知らないが、その電話をかけるのがあと三秒遅かったら、確実にその女は死んでいた。

しかし——それにしても妙な時代になったものだ。

こんな朝の通勤ラッシュの電車の中でも、若者たちの言う「ケータイ」、つまり携帯電話が構わず鳴り出す。これも時代というものか、と……。

こんなことを言ってるようじゃ、俺《おれ》ももう年齢《とし》かな。——早川克巳《はやかわかつみ》は、電車の揺れに身を任せながら、電話に出た女子大生らしい女の子が、

「ええ？　やだ、本当？」

と言って、誠に朗らかに笑い声を上げるのを聞いていた。

周囲の大人も諦《あきら》め顔。少し年輩組のおじさんの中には、「今度鳴ったら、文句を言ってやる」という顔つきの者もいるが、なに、実行しやしないのである。

大体、TVのサスペンス物でも、電話が鳴ると何が起ったのかと見る者は緊張する。ところが、今の「ケータイ」はどうだ。

今しゃべっている女の子の場合、いわゆる「着メロ」は……何だろう？　克巳も聞いたことのある曲だったのだが。

「ああ、そうか」

と、そばで同じことを考えていたらしいOLが言った。「〈三分クッキング〉だ、あの曲」

TVの料理番組のテーマ曲。——そんなものが鳴って、出たヒロインに殺し屋が襲いかかっても——何だかちっとも緊迫感がない。

全くやりにくい時代になったもんだ。

早川克巳はため息をついた。

克巳はルポライター——というのは表向きで、本業は殺し屋である。

しかし、今電話でしゃべっている女子大生を殺そうとしたのは克巳ではない。

「うん、今度またかけるね。——バイバイ！」

電車が大きく揺れて、車両の片側へどっと人の重みがかかる。線路を移っている。もう駅に着くのだ。

――その若い男は、コートのポケットに入れた手にナイフを握っていた。克巳のすぐそばに立って、ひどく汗をかいていたので、初めは具合でも悪いのかと心配になった。

そうではなかった。混雑の中、どうやら目の前に立っている女子大生を殺そうとしているらしいのだ。

さっきは、女の子の「ケータイ」が鳴り出して時機を逃した。――まだやる気か？

電車はホームへ入ろうとしている。

やれやれ……。

若者のナイフをつかんだ手が、ポケットから出る直前に、克巳は押えた。若者はびっくりして克巳を見た。

「やめとけ」

と、克巳は言った。「ホームへ入るぞ」

若者は肯《うなず》いた。自分もホッとしたのだろう。

すると、また「ケータイ」が……。

今度は何と、その若者のポケットで鳴り出したのだった。

「おい、その曲……」

克巳は、呼出し音代りの「着メロ」を聞いて、「何だったっけ？」

「〈笑点〉のテーマです」

と、若者は言って、電話に出た。「――あ、もしもし？ ――今、駅に着くところさ」

人を殺そうって奴《やつ》が、〈笑点〉のテーマなんかで鳴らすな！

克巳は絶望的な気分で、電車の扉が開くと、人に押されつつ、ホームへ出た。

克巳が人の流れから少し外れて立っていると、

「あの……すみません」

と、声をかけられた。

振り向くと――ふしぎな光景だった。

さっき殺されそうになっていた女の子と、殺そうとしていた若者が並んで立っている。

「仲直りしたのかい？」

と、克巳は訊《き》いた。

「びっくりさせてごめんなさい」

と、女の子は言った。「これ、課外実習なんです」

「実習……」

「私たち、大学の同じゼミで。先生から課題を出されたんです。それで実習を……」

「これ、オモチャです」

と、男の子の方がナイフを取り出すと、刃を指でグニャと曲げた。

「ゴム製か」

克巳は苦笑して、「やれやれ、心配して損したよ」

「すみません。先生によく言っときます」

女の子の方がしっかりしている感じだ。

「それにしても、変った実習をやる先生だな」

「群衆の中の孤独なんです」

「――何だって？」

「最近ふえてる、理由もなく通りすがりの人を殺したりする事件。あれを現代社会の病理として捉《とら》えて、論じるために、そういう犯人の気持になってみようってことで……」

「しかし、誤解されたらパニックだぞ。先生によく言っとけよ」

克巳はそう言って、「行っていいよ。僕はここで人と待ち合せてる」

「はい、失礼します」

はきはきと礼を述べて、女の子が男の子を促し、階段の方へ行きかけたが――。

クルリと振り向いて、女の子の方が戻って来ると、

「これ」

と、名刺を差し出す。

「君の？」

「ええ」

女の子はボールペンを出して、名刺に何やら書き込むと、「——私のケータイの番号。

私、滅多に教えないのよ」

「——どうも」

もらった名刺を眺めている間に、二人は行ってしまった。

何だ、あれは？

もはや時代に取り残されたかと思って、情なくなる克巳であった……。

田所江美《たどころえみ》は、先に行きかけていた村井《むらい》に追いついた。

「名刺、渡して来たのか？」

と、村井が言った。

「そうよ」

「見も知らない奴に……」

「いいじゃないの。好みのタイプなんだもん」

「年上趣味だな。三十五、六にはなってるぜ」

「十五年下の子より、十五年上の人の方がいいでしょ」

と、田所江美は言い返した。

「十五年下っていったら……六つじゃないか！」

「ちゃんと、ケータイの番号も教えた」

「何だって？　もし、変なストーカーおやじだったらどうするんだ？」

「それくらい、見りゃ分るわよ」

「怪しいもんだ。大体――」

「あ！」

と、江美は足を止めた。

「どうしたんだ？」

「番号、間違えて書いちゃった！　この間、変えたばっかりだから」

「ほら、縁がないんだよ」

江美は一瞬考えて、

「先に大学へ行ってて。私、訂正してくる！」

と言うなり、戻って行った。

——次の電車が来ていて、降りた客がどっと押し寄せてくる。

江美は何とかホームの反対の端へ寄って、その流れに巻き込まれずにすんだ。

あの人、まだいるかしら？　誰かと待ち合せてるとか言ってたから……。

「あ、あそこ……」

ホームの端、電車の停止位置からずれた柱のかげで、さっきの男がもう一人の男と話しているのが見えた。背中を江美の方へ向けているが、間違いない。

相手は、もう少し年齢《とし》のいった、でっぷりと太った男で、何やら言いわけでもしている様子だ。

晩秋の時期、満員電車の中では暑いが、ホームへ出てしまえば、汗をかくほどではない。それでいて、その太った男はひどく汗をかいているのだった。

邪魔してはいけないかしら。——江美は少し迷った。

すると、話を切り上げるように、あの男がパッと相手に背を向けたのである。

顔が江美の目に入る。——さっき話していたときとは別人のように、厳しい表情をしている。

相手は引き止めようとするように、手を上げた。

しかし、その後、信じられない場面が江美の目に映ることになったのである。

太った男の右手が、刃物を——それも村井が持っていたオモチャとは明らかに違う、本物の冷たい輝きを見せるナイフをつかんで振り上げ、背中を向けた男に向って振り下ろそうとしたのだ。

江美は声も出せなかった。ほんの二、三秒の出来事だった。

まるで背中に目がついてでもいるように、あの男が素早く振り向くと、太った男の手首をしっかりと押えた。

電車が出るので、ベルがホームに鳴り響いた。

あの男が身を沈めると、太った男の腹を一撃した。そして、よろけたところへ、奪い取ったナイフが——。

江美は息をのんだ。ナイフの白い刃が太った男の心臓の辺《あた》りを一突きした。

嘘《うそ》——。嘘だわ！

太った男はびっくりしたように目を見開き、柱にもたれかかったまま、ズルズルと崩れるように倒れた。

殺した？——殺したんだ！

あの男は顔色一つ変えず、向き直って歩き出すと——江美に気付いた。

「――はい、先生は法廷へ行かれてますので。――夕方には戻られると思いますが」

圭介《けいすけ》はメモを取って、「分りました。必ず伝えます。――どうも」

電話を切ると、圭介はメモを、この法律事務所のボスである池尾《いけお》弁護士の仕事机に置いた。

「早川さん」

と、事務をやっている久田《ひさだ》君子《きみこ》がお茶を淹《い》れて来て、「はい、お茶、さしかえて来た」

「ありがとう」

「そんな伝言とか、私がやりますよ。早川さんだって『先生』なんだから」

「よしてくれよ」

と、圭介は笑って、「僕なんか駆け出し。『先生』なんてもんじゃないよ」

自分の机に戻ると、分厚い判例集をめくり始めた。

今、事務所は圭介と久田君子の二人きりだった。

「――お子さん、元気？」

と、久田君子が訊いた。

圭介を仕事から引き離すには、子供のことを訊くのが一番、と分っているのである。

「うん」

とたんに圭介が相好《そうごう》を崩して、「近ごろはね、ＴＶのアニメのキャラクターの絵をかくんだ」

「まあ、凄《すご》い」

「ま、ほとんどは見分けがつかないけどね」

と、圭介はお茶を飲んで、「——おいしい。これ、来客用じゃないの？」

「だって、私たちのは粉っぽくて。あれじゃただのミネラルウオーターでも飲んでる方がいいわ」

「先生にばれないようにしろよ」

と、圭介は笑って言った。

「裕紀《ゆき》ちゃん、だっけ。一歳よね」

「うん」

「可愛《かわい》いでしょうね！」

と、久田君子は圭介の机にちょっとお尻《しり》をのせて、「毎日、寄り道しないで帰る？」

「もちろん」

「でしょうね」

と、君子が肯く。「——あら、誰かしら」

チャイムが鳴ったので、君子は出て行った。

刑事事件を扱う池尾の所には、色々妙な脅迫なども来る。用心して、入口のドアはロックされていた。

「――どちらさまでしょうか」

君子は、モニターTVに映る渋い中年男に一瞬見とれた。

「早川圭介はいますか」

「はい、おりますが、お客様は……」

「兄です」

「失礼しました。どうぞ」

ロックを解除するボタンを押すと、君子は、

「いい男だ！」

と呟《つぶや》いて、急いで出て行った。

「早川克巳といいます。圭介の兄です」

「まあ、いつもお世話に――。少しお待ち下さい」

君子はあわてて、圭介が仕事している奥の部屋へと駆けて行った。

目撃者

「やあ」

早川克巳は、弟の顔を見ると、「また少し太ったんじゃないか?」

と言った。

「最近は怖《こわ》くて体重計に乗らないよ」

と、圭介は言った。

「忙しいんだろ? すまないな」

「いや、今日は先生が夕方まで戻らないしね。古い判例を当ってたんだ。眠くなって困ってたとこさ」

「岐子《みちこ》さんは元気か」

「子供の相手をしてると、寝込む暇もないらしいよ」

「そりゃ結構だ。——どうも、お構いなく」

久田君子がお茶を出して、

「いえ、粗茶でございますが」

克巳がちょっと笑って、

「古風な言葉だ。今じゃあまり聞かないな」

「久田さん、悪いけど、写真のプリント、もう上《あが》ってるはずなんだけど、受け取って来てくれるかな」

と、圭介が手帳に挟んだ引換券を渡す。

「はい。じゃ、ちょっと行って来ます」

「よろしく」

久田君子は、克巳が、

「こいつはいいお茶だ」

と言うとニッコリ笑って、

「よろしかったら何杯でも淹れますわ。ごゆっくり」

と出て行く。

圭介は、彼女が事務所から出て行くのを待って、

「――何かあったんだね」

と、ソファに座った。「兄さんの顔を見りゃ分る」

克巳は苦笑して、

「殺し屋が顔色を読まれちゃおしまいだな」

「弁護士は顔色を読むのが商売だよ」

「お前も忙しいし、女房子供に責任のある身だ。顔だけ見て帰ろうと思ったんだが……」

「どうしたのさ？」

克巳は、厳しい顔になって、

「見られた」

と言った。「相手は大学生の女の子だ」

圭介は何とも言いようがなかった。――今さら、「だから殺し屋なんかやめとけって言ったのに」などと言いつのっても仕方ない。

「どこで？」

「駅のホームだ。仕事そのものじゃなかった。予定外だ」

「じゃ、依頼主？」

「うん、依頼のあった時点じゃ、充分信用していい相手だった。ところが、計画を進めている半月の間に、そいつの会社が倒産。仕事がすんだときは、別人のようだった」

克巳は首を振って、「経済情報まで見ちゃいないしな」

「払わないと言ったんだね？」

「俺を後ろから刺し殺そうとした。とっさのことだ。やっちまった」

「やれやれ……」

圭介が肯《うなず》いて、「そこを女子大生に見られた」

「うん」

「その子も……殺したの？」

「まさか！」

と、克巳は眉《まゆ》をひそめて、「俺がそんなことすると思うのか？」

「分ってる。念のために訊いただけさ」

圭介は自分のお茶を机の上から取って来ると、「――おいしいだろ？」

「ああ」

「兄さん、刑務所へ入ったら、こんなお茶も飲めなくなるよ」

「分ってる」

「その女子大生は……」

「名前も大学も分ってる。――誰《だれ》にも言わなきゃ、生きていられる、と言い含めたが……。

もちろん、その場じゃ青くなって震えてたから、当面は何も言うまい。しかし、一生黙っていてくれるとは期待できない」

——克巳は、金さえもらえば誰でも殺すというわけではない。あくまで「裏の社会」に係《かかわ》っている人間の間での「殺し」を請け負うのが原則だ。

そういう克巳にとって、たとえ目撃者だからといって、何の罪もない女子大生を殺すことは、その主義が許さないのである。

いや、克巳自身も多少は変った。

以前の克巳なら、殺していたかもしれない。

「自分の身を守る」

という理由があれば、ためらわずにやっていたかもしれない。

しかし克巳は、弟圭介の結婚や姪《めい》の誕生を通して、「自分以上に大切なものがある」という感情を理解するようになったのである。

それでも、なお——あの田所江美という女子大生が警察へ克巳のことを話しに行くところへ出くわしたら、彼女を射殺してしまうかもしれない……。

チャイムが鳴って、

「あれ、もう戻って来たのかな」

と、圭介が立って行くと、モニターに意外な顔が映っていた。

「あれ？　――兄さん、リル子ちゃんだ」

ドアが開くと、

「やあ！」

と、元気の塊みたいな二十一歳が入って来た。「暇そうね、圭介兄さん」

「そうでもないよ。兄貴が来てる」

「え？　――わ、克巳兄さん！」

と、駆け寄って、克巳の頰《ほお》へチュッとキスをする。

「おい、よせ！　正実《まさみ》の奴に殺されたくないからな」

と、克巳が苦笑する。

リル子は、早川家の末っ子、正実の妻である。――正実は何と正義感の塊みたいな警察官。

「今、大学の帰りなの」

リル子は、正実と結婚してからK大学へ再入学していた。

「ちゃんと主婦してるのか？」

「もちろんよ！」

と、リル子は言った。

「——おい、待て」

と、克巳は思い当って、「リル子ちゃんの大学は……どこだっけ？」

「忘れたの？　K大よ」

「そうか……」

何と、あの田所江美と同じ大学だ。

「——それがどうかした？」

「いや……どんな所かと思ってね。君の大学生ぶりを拝見してみたいもんだ」

リル子は目を輝かせて、

「そんなこと、いつだって！」

と、克巳の手を握った。

「しかし、こんな中年男が君の授業に紛れ込むわけにもいかない」

「ああ、それじゃ——」

と、リル子は思い付いて、「ちょうどいい時期だわ。来週、十一月の初めに大学の文化祭があるの。誰でも入れるし、大学の中を私がじっくり案内してあげる」

「文化祭か。そいつは助かる。じゃ、行ってみようか」

「来てよ！　私にとっちゃ、克巳兄さんは親代りの保護者なんだから」

「君の保護をするのは、亭主の正実だろ」

と、克巳は微笑《ほほえ》んで言った。

「しかも警官だ。こんなに安心なことはないよ」

と、圭介が付け加える。

「そうね。でも……」

「何だい？」

「うちじゃ、保護者は私の方よ」

と、リル子は言った。

よくある「ルリ子」でなく「リル子」なのは、親がリルケの詩を愛していたからだが、間違って書かれたり読まれたりするのは年中のことだった。

「ねえ、これ違うよ」

と、原島信子《はらしまのぶこ》がチラシを眺めて言った。

「え？　——どこ？」

チラシを苦労してパソコンで作った仲村里加《なかむらりか》が、立ち上ってやって来る。

「ほら、研究会のメンバー名。〈早川ルリ子〉ってなってる。〈ルリ子〉じゃなくて〈リルケ〉！　前にも言ったでしょ、親が――」

「リルケの詩が好きで、か。――忘れてたよ。そんなこと！」

と、仲村里加は天を仰いで、「もう三百枚も刷っちゃった！」

大体、この子の名前を間違えるまで、「リルケ」という詩人がいたことさえ知らなかった里加である。

「全くもう！　当人に訂正させよ」

「そんなわけにいかないよ」

と、原島信子は苦笑して、「あの子、二年生だけど、年齢は私たちと同じ二十一よ。しかも――知ってる？」

と、声を小さくして、

「結婚してるのよ」

それを聞いた仲村里加は、

「嘘！」

と、教室中に響く声を上げた。

「そんな大声出さないで！　パトカーが来るわよ」

二人は空いた教室で、来週の文化祭の準備をしていた。大声を出しても、人に聞こえるということはないだろうが、それにしても、かなりのヴォリュームだったことは確かである。

「でも――本当なの？」

「本当よ。噂《うわさ》聞いて、私、本人に確かめてみたの。そしたら、アッサリ『はい、そうです』だって」

「へえ……」

「だからさ、詳しいことが訊きたかったら、ちゃんとこのチラシ、直してあげなさいよ」

「直す、直す！　もう二十回だって直して、三千枚でも刷っちゃう」

「そんなにいらないわよ」

と、信子が笑って言った。

二人は三年生。事実上、文化祭は三年生が中心になって開くので、放課後で、もう窓の外が大分暗くなっているのに、残って準備していたのだ。

「――〈早川リル子〉と」

と、早速里加はパソコンに向う。「――これでいいんだね。ね、旦那《だんな》って何してる人？」

「知らないわよ。自分で訊けば？」

「訊かなかったの？」

「びっくりしちゃって、訊かない内に相手がいなくなった」

「なるほど」

――時代は変ったとはいえ、やはり女子学生で人妻という子は少ない。

「ま、可愛いよね」

と、里加が言った。「大方、学校の先生にでも目つけられて、高校出たとたんに結婚とか?」

「知らないってば!」

と、信子は言って、「――あ、江美」

ドアが開いて、田所江美が入って来た。

「あ、そうか。江美、今日は電車に乗って、実習だったね、大屋《おおや》先生の」

「うん……。何してるの?」

「チラシ作りよ、文化祭の。信子は展示のレイアウト、考えてる。江美も手伝ってよ」

「うん……」

江美は、息をついて手近な椅子《いす》にくたびれ切った様子で腰をおろした。

「江美……。どうしたの?」

と、信子が気付いて、「顔、青いよ。具合悪いの?」

「大丈夫」

「始まったの？　私も二、三日は気が重いもんね」

里加は気楽である。

「あ、そうだ！〈犯罪研究会〉って、入口に貼《は》り出すの、考えなきゃ」

「安っぽい作りにしたくないね。あの〈ホラー映画研究会〉みたいな、あざといのはやめよう」

「もともとあっちはそういう客狙《ねら》い。うちは真剣に〈犯罪〉と取り組んでる。――ね、江美？」

江美は、しばらくして、ふっと我に返り、

「うん……」

と言った。

「何だか変よ。やっぱり帰った方がいいわ」

「いえ、大丈夫。少し休めば良くなるわ」

と、江美は首を振った。

「村井君、一緒じゃなかったの？」

「先に大学へ戻るって……。来なかった？」

「じゃ、彼女と待ち合せてデートだ」

と、里加が笑って、「明日、冷やかしてやろっと」

廊下に靴音がして、ドアが開いた。

「やあ、頑張ってるな」

と、顔を出したのは大屋茂年《しげとし》助教授。

「あ、先生、このチラシ見て下さい」

と、里加が見せに行った。

大屋茂年は三十八歳。〈犯罪心理学〉の講座を持って、女の子たちに人気があった。

「いいじゃないか」

と、大屋は肯いて、「そういえば、さっきTVでやってたよ。電車のホームで人が刺し殺されてたそうだ」

「へえ」

と、信子が目を丸くして、「ホームで？　じゃ、他のお客さんは？」

「それが、誰も見てないらしい。正に研究テーマになりそうだな」

お洒落《しゃれ》で、独身。いい男、と来れば人気があって当然。

しかし、江美は顔をそむけて、黙っているばかりだった……。

ナンセンス

「これ、可愛いわ！」

と、メルヘン調のカーテンを見て足を止めると、「ね、これを窓のとこに。どうかしら？」

「ええ、とてもいいムードになりますわ。先ほどお選びいただいたソファとも色が合います」

と、早川美香《みか》は言った。

「あ、そうそう！　私もそう思ったの」

と、得意げに、「ね、私のセンスも悪くないでしょ？」

「そりゃもう……」

と、美香は微笑んで、「この世にこれほどセンスのない人がいるのかと誰もが感心されますわ、きっと」

――というセリフは、あくまで「心の中の独白」。

「とてもユニークなセンスをお持ちです」

　ユニークとしか言いようがない。

〈インテリア・美香〉の仕事で、

「スナックを開きたい」

　という女性と一緒に、ショールームを訪れている美香である。

　女性は四十前後か。派手な化粧と服装で、初めてオフィスへやって来たときから目をむくようだった。

「――では、これで大体は決りましたね」

　と、美香はメモを取りながら、「細かい物については、また別のショールームになります。業務用となると、色々違いますので」

「おい、久江《ひさえ》」

　と、コートをはおった、禿《は》げた男が声をかけて、「ちゃんと触ってみろよ。見ただけじゃ分らないんだ」

　橋口竜也《はしぐちたつや》。――正しくは、この男が注文主である。

　典型的なワンマン社長。――中小企業のオーナーで、車はベンツ。

年齢《とし》のころは五十前後か。ともかく気前がいい。この不況下、どんな仕事をしているのやら……。

「ありがとうございました」

と、美香は橋口に頭を下げ、「ともかく、二、三日内に見積りをお出しします。何か疑問がございましたら、何なりと」

「ああ。その時点で、もし発注しないとなったら？」

「お気に召さなかったら仕方ありません。料金は一切いただきません」

「タダか」

「はい、もちろんです」

「うん、気に入った」

橋口はニヤリと笑って、「少しぜいたくしてもいい。久江の気に入る店を作ってやってくれ」

「精一杯、やらせていただきます」

と、美香は言った。

「じゃ、見積りは会社の方へ送ってくれ」

「かしこまりました」

「久江。行こうか」

と、橋口が呼ぶと、

「待って、待って!」

久江は、天井から下《さが》っているランプを眺めている。「これと、さっきのとどっちがいいかしら?」

——久江と呼ばれている女、もちろん橋口の妻ではない。

愛人だろう、と察しはつく。

「私、スナックをやってみたいの」

と言い出して、橋口がお金を出してくれることになったのだろう。

しかし、スナックといっても、すべて新たに揃《そろ》えるとなると、かなりの出費だ。

橋口は、一つ一つの値段などあまり気にする様子もなく、久江に任せている。

——美香は、二人が腕を組んで出て行くのを見送ってから、

「やれやれ……」

と呟く。「開店して潰《つぶ》れるまでに何か月かしらね」

ショールームの奥から、河野恭子《こうのきようこ》が出て来た。

「お嬢さん。もうお客様、お帰りになられたんですか?」

「ええ、今しがた」

美香はメモした表を見せて、「この分、見積りを出してちょうだい」

「はい」

河野恭子は、三十代の半ば。美香よりも六つ年上だが、美香の秘書としてよく働いている。

一見モデルかと思えるほど華やかな美人の美香と対照的に、河野恭子は見るからに堅実な秘書タイプ。

「でも……」

と、恭子は美香を見て、「本当にこのお仕事、受けるんですか？」

「もちろんよ」

「でも――およそ悪趣味で」

「分ってるわ。でも、今どき、こんなに気前よく払ってくれる人、いないわ」

「それはそうですけど――」

「時にはね、生活のために馬鹿になることも必要よ」

「分りました」

と、恭子は笑って、「見積り、少し高めに？」

「気前はいいけどケチだからね」

と、美香は微妙なニュアンスの言い方で、

「きっと見積りから値切って来るわ。あんまり下げても、初めの値のつけ方を疑われる。恭子さんに任せるわ」

「じゃ、早速」

と、恭子は肯いて、「オフィスへ戻りましょうか」

「そうね」

美香は腕時計を見ると、「――悪いけど、一人で戻ってくれる？　私、夜、約束があるの。その前にちょっと美容院に寄りたいから」

「分りました。何か急ぎの用があったら――」

「ケータイにかけていいわよ」

「いえ、お邪魔はしません」

と、恭子は真面目くさった顔で、「マンションの方の留守電へ入れておきますから、途中でお聞きになって下さい」

「分ったわ」

と、美香は笑って、「じゃ、よろしくね」

「はい」

美香がショールームを出て、自分の車に乗り込むのを、河野恭子は見送って、

「ありがとうございました」

と、ショールームの女性に礼を言った。

外へ出ると、恭子はタクシーを停《と》めた。

「――どちらへ？」

「今、その角を左へ曲る車があるでしょ？　白い車。あれについて行って」

「はあ……」

尾行、というほどのものではない。見失えば見失ったで、それでもいいのだ。

タクシーが走り出すと、恭子はバッグから携帯電話を取り出した。

「おっと電話だ」

圭介は、立ち上ると、自分の仕事机に置いた携帯電話を急いで取り上げた。

ソファでお茶を飲んでいた克巳が、

「ああいうまともな音で鳴るのが電話だ！」

と言った。「リル子ちゃんは持ってる？」

「ケータイ？　もちろんよ」

「じゃ、何か……〈着メロ〉っていうのか、曲が流れる奴。あれにしてるの？」

「うん。でも、あんまり変な曲だと、困ることあるの。却《かえ》ってみんなの注目集めて。だから平凡なのにしてるわ」

「それがいい。真面目な電話がかかって来てるのに、〈笑点〉のテーマじゃな」

「あ、大学の男の子にいる」

と、リル子は言った。

それはあの男の子のことかもしれない。

充分に変ってる、と克巳は思った。

「私はね、〈東京音頭〉」

——一方、圭介は静かに隣の部屋へ入ると、

「もしもし。何かあった？」

と訊いた。

「ええ、ちょっと気になることが」

河野恭子が言った。「聞こえます？　タクシーの中なので」

「うん、聞こえる」

「実は、スナックのインテリアを一件依頼されまして」

と、恭子は、大分前に見え隠れする美香の車へ目をやった。「今、ショールームに行った帰りなんですけど。それがとんでもない趣味のお客様で。普段なら、美香さんが決して引き受けない話なんです」

「それを引き受けた、と」

「そこなんです。どうも予感がありまして」

「分った。ありがとう」

「何か分ればご連絡します」

「うん、頼むよ」

と、圭介は言った。

——河野恭子に、圭介は大した額でないにしても、毎月の「手当」を払っている。

仕事は美香の「お目付役」。

インテリア・デザイナーとして、颯爽《さつそう》と駆け回る妹の美香だが、もう一つ、「詐欺師《さぎ》」という顔を持っている。

圭介も、美香のことを常時見張っているわけにいかないので、河野恭子に頼んで、どうも美香が「怪しい行動」を取っている、というときは連絡をもらうことになっているのである。

——趣味の悪い依頼人か。

圭介は、ちょっとため息をつくと、克巳たちの所へ戻った。

同じ事務所の久田君子が帰ったところで、克巳は腰を上げ、

「圭介。邪魔したな」

「まだいいじゃないか」

「リル子ちゃんと一緒に帰るよ」

「やったね！」

リル子は、克巳の腕をしっかりとつかむ。

「それじゃ、またな」

「うん。——何か用があれば、いつでも連絡してくれ」

圭介は、克巳とにぎやかなリル子を送り出して、席へ戻った。

「——すてきなお兄様」

と、君子がお茶碗《ちゃわん》を片付けながら言った。

「何してらっしゃるんですか？」

「うん……。実は凄腕《すごうで》の殺し屋でね」

たいてい、本当のことを言うのだが、君子も喜んで、

「似合うわ！　クールね！」

と、もちろん本気にしてはいないのである……。


「面白い所見はあったかい？」

と、大屋助教授は、田所江美に訊いた。

「いえ……。電車が混んでて、うまくいかなかったんです」

「何だ、そうか」

大学の廊下へ出て二人は歩き始めた。

「——田所君。今夜、付合わないか？」

二人きりになると、早速肩へ手をかけてくる。

「やめて下さい」

と、江美はスルリと抜けて、「今日、体調が良くないんです」

「そうか。じゃ仕方ない」

と、大屋は肩をすくめた。

「他の子をどうぞ」

「おいおい」

と、大屋は笑って、「僕をよほどの浮気者だと思ってるな?」

「思ってません。知ってるだけ」

と、江美は言った。

「言うね。——ま、確かに君の他にも、二、三人の子に手は出してるが、君のときとは違う。君とは知的に分り合えるものがあるんだよ」

調子のいいこと。——他の子にもそう言っているのだろう。

江美の知っているだけでも、「大屋先生の可愛い子」を自認している子が四人いる。もてるには理由があるし、女の子たちも、二十歳になっているから当人の責任ではあるのだが、先生と学生という関係は、やはり対等ではないと思う。

江美も、大屋と初めて寝たころはかなり舞い上っていて、「これが大人の関係なんだわ」と思ったものだ。

でも、一年近くも続くと、男と女の仲はやはり変ってくる。それも「知的に」ではなく、男の方の「都合の良さ」が見えてくるのだ。

「——じゃ、失礼します」

と、江美は校舎の出口で言った。

「ああ、気を付けて」
大屋は決して追わない。いつも「追わせる」のだ。
その自信は大したものである。
しかし今の江美は、あの男のことで頭が一杯だった。
目の前で人を鮮やかな手つきで殺した、あの男のことで……。
江美は、大分暗くなったキャンパスの中を歩いて行った。
風が冷たさを増して、江美の足どりを速めさせた……。

見ないふり

「おいしいわ、このワイン！」

と、聞こえよがしな甲高《かんだか》い声が、レストランの反対側の隅まではっきり届いて来た。

「ねえ、一本買って帰ってもいい？　母がね、この間のワインをとても喜んでたの」

「ああ、いいよ。——君、これに近いのを一本、持ち帰りにしてくれ」

橋口竜也は、何とも太っ腹である。

「かしこまりました」

ソムリエの口調には、どことなく冷ややかなところがあったが、それを分るのは、時々ここで食事をしている美香だからである。

一人、奥のテーブルで食事している美香からは、橋口と久江の姿は見えないが、会話はしっかり聞いている。

食事を進めてメインの料理を食べていると、さっきのソムリエがやって来て、

「いつもありがとうございます、早川様」

「名前、呼ばないで」

と、美香は言った。「あちらのバブルなお二人と顔を合せたくないの」

「お知り合いで？」

「仕事でちょっとね。――以前からのお客？」

「いえ、この一年くらいでしょうか」

「ずいぶん景気が良さそうね」

「全くです。一本五、六万のワインを平気であけますから」

「ありがたいお客ね」

「まあ、確かに。しかし、ワインのことはさっぱりお分りじゃありませんよ」

「そんな感じね」

と、美香は笑った。「私、今日はグラスですませたわ」

「お一人なんですから。むだに高いボトルを開ける必要はありません」

と、ソムリエは言った。

「あのお二人……ご夫婦？」

ソムリエが黙って首を横に振る。美香は肯いて、

「やっぱりね」

と言った。

「初めのころは、奥様をお連れになっていました。奥様は、『こんないいお店、ぜいたく過ぎない？』と心配されていましたが」

「奥さん、来なくなったの？」

「いえ、お昼にランチなどを、奥様方のグループで食べにみえたりしていますから」

「そう……」

美香は何やら考え深げに肯いた。「――あ、今日はデザート、何かしら？」

「今、ご説明に」

ソムリエは微笑んで、美香のテーブルを離れた。

「――お腹《なか》一杯だわ！」

と、久江の声が、また聞こえて来た。

「じゃ、デザートにするか」

「ええ」

「俺は甘いものはいらん。コーヒーだけでいい」

「どうしたの？」

「ちょっと、電話してくる」

橋口がレストランの入口の方へと歩いて行くのが、美香の目にも見えた。

橋口は、美香のもらった名刺によれば、大手服飾メーカーの下請けの会社を持っている。〈橋口シャツ〉という社名も至《いた》って分りやすい。

しかし、こんな高級レストランで、一本五、六万円もするワインを、みやげにまで持たせるだけの収入があるというのが、ふしぎである。

——何かある。

美香の——インテリア・デザイナーとしてでなく、詐欺師・早川美香の直感は、橋口の身辺に、儲《もう》けられそうな匂《にお》いをかぎつけていた……。

バッグの中で携帯電話が鳴り出したとき、橋口素代《もとよ》は、ホテルのバーで親しい奥さん同士、数人でおしゃべりしていた。

「あら、あなたのじゃない？」

と言われて、初めて気が付き、

「え、私の電話？——本当だ！」

素代は立ち上って、「ちょっとごめんなさい」

と、バーからロビーへと出た。

居合せた奥さんたちも、今はたいてい「ケータイ」を持っているが、子供たちの世代とは違って、「着メロ」をセットするなどという器用な真似はできない。

だから鳴り出すと、誰のが鳴っているのか分らず、しばし混乱するのである。

「――もしもし」

「素代か？　早く出ろ」

「あなた。――だって、ここ、ホテルのバーなんだもの。出ないと使えないのよ」

と、素代は言い返した。「あなた、今どこにいるの？」

「接待でレストランだ」

「本当に接待？　怪しいもんね」

と、素代は笑って、「いいわ、今夜は淳子《あつこ》も遅くなるって言ってたから」

「学生のくせに、何を遊んでるんだ？」

と、橋口が文句を言った。

「仕方ないでしょ。もう二十歳の大学生なのよ。それに今、文化祭の準備で忙しいのよ。お友だちもみんな残って頑張ってるって」

「そうか……。明日、朝から来客なんだ。今夜は事務所へ泊る」

「はい、分ったわ」

と、素代は言った。「でも明日は帰ってね。お洗濯しなきゃいけないから」

「ああ、分ってる」

「じゃあ……」

素代が何か言う前に通話は切れた。

「来客ね……」

と、素代は呟いた。

分っている。あの久江という女だろう。京田《きようだ》久江。

むろん、素代も面白くない。しかし、騒いだところで仕方ない、と割り切ることにしていた。

今の景気がいつまでも続くわけではあるまい。お金がなくなれば、ああいう女はすぐに消えてしまう。

そうだわ。——私は妻なんだもの。もっとどっしり構えていればいい。

素代はバーの中に戻った。

「——どなたから?」

と、他の奥さんに訊かれる。

「主人よ。遅くなるからって……」

素代は、カクテルのグラスを手に取った。

――素代は四十八歳。一人娘の淳子は二十歳で、K大学へ通っている。

「いいわね、でも」

と、奥さんの一人が言った。「お宅は景気が良くて。うちなんか大変。別荘を手離すことになるかもしれないわ」

「うちだって、大したことないわ」

とは言ったものの……。

正直な話、夫が一体どうしてこうも稼いでいられるのか、素代にも分らない。

夫は、訊けば、

「不景気だ」

と答えるだろう。

〈橋口シャツ〉も、仕事がふえているとは思えないし、現に古い社員は何人か辞め、人手も減っている。

夫に言わせれば、

「人件費が一番大きな出費なんだ。それが減ったから、利益がふえてる」

ということなのだが——。

でも、何だか変よね。——素代はそう思っていた。思ってはいたが、

「仕事のことは夫の領分だわ」

と自分へ言い聞かせ、それ以上は考えないようにしたのである。

他の奥さんたちだって、「お金がない」と言いながら、今も、

「ね、来月、紅葉見がてら、温泉に行かない？」

と、一人が言い出せば、みんな身をのり出して、

「いいわね！」

と、早速話がまとまる。

この数年、以前には考えられなかった生活ができるようになって、素代は楽しかった。

淳子がK大へ入れたのも、収入がふえたおかげだ。

夫が女の一人ぐらい作っても、素代は目をつぶる気になれたのである。

「——じゃ、みんなのスケジュール」

その言葉で一斉に手帳を取り出す。

「私、この日だめなの」

「私は水曜日なら空いてる」

「でも、週末は混むわよね……」

こうしてワイワイガヤガヤと騒いでいるとき、素代は幸せであった。


「もしもし。村井君？」

と、田所江美は言った。

「あ、江美？」

「呼び捨てにしないでよ。私、村井君の彼女じゃないんですからね」

「や、失礼」

村井はどこにいるのか、いやに声が響いて聞こえる。

「今日、大学に戻らなかったの？」

「うん。途中でケータイにかかって来てさ」

「彼女から？」

「うん。それで方向転換して……」

「呑気《のんき》ねえ」

と、江美は笑った。

江美はマンションの自分の部屋にいた。――1LDKの賃貸マンションで一人暮しである。

自宅から通えないこともないのだが片道一時間半はかかる。

父親に甘えて見せて、このマンションを借りてもらったのはいいが、「安全第一」で選んだので、年中ガードマンが周囲やホールを巡回している。女の子がほとんどだから、その点安心でもあるが、「男子入るべからず」に近い。

「大屋先生、いたか？」

と、村井が訊いた。

「いたわよ。でも、何も言ってなかった」

「忘れてんだ。何しろ女の子の相手で忙しいからな」

村井は、江美がその「女の子」の一人だということを知らないのである。

「で、どうするんだ？　やり直すか」

江美はドキッとして、

「いやよ。もうよそう」

「うん、そうだな。人騒がせだよな、あの人が言ってたけど」

村井はそう言って、「——あの男から、電話して来たか？」

「いいえ」

「向うの電話、聞いときゃ良かったんだ」

「別にいいのよ。かかって来なくたって」

「そうか？　結構目に星が入ってたぜ」

江美は笑って、

「ともかくさ、レポート、他のテーマにしようよ」

「そうだな」

と、村井は言って、「――え？　――大学の同じゼミの子だよ。――そうじゃないって！」

向うの誰かとしゃべっている。

「もしもし、またかけるよ」

「急がないで」

と、江美は言ってやった。「やきもちやかれて幸せね」

「よせよ。それじゃ……」

通話が切れる寸前に、

「何ていう子なの？」

と、問い詰めるように訊く女の子の声が聞こえた。

江美は、ベッドに寝転《ねころが》って電話していたのだが、起き出すと、

「何か食べに行こ」

と、伸びをした。

自分で料理しよう――などと考えたことはあるが、一日で挫折《ざせつ》。

毎日、お弁当や外食ということになってしまう。週末には家へ帰っていた。

今日ぐらいはぜいたくして、ちょっといいお店で食べよう。――一人で、というのもわびしいけど。

着替えていると、携帯電話が鳴り出した。

村井君かな。

「――はい。――もしもし」

と出ると、少し間があって、

「本当の番号を書いたのか」

江美の顔が赤く染った。

「あなたね」

「あれを見た後だったのに。でたらめの番号を書いときゃ良かったんだ」

と、あの男は言った。

「私――何もしゃべってないわ」

「分ってる」

「ね、教えて。あの死んだ人、どうしてあなたを殺そうとしたの？」

「どうしてそんなことを訊くんだ」

「気になる。――だって、あの人の方が悪いのなら、黙ってても気が咎《とが》めなくてすむもの」

江美は、ベッドに腰かけた。

「何も知らない方がいいんだ」

「無理だわ。見ちゃったのに」

あのとき――。

男は真直ぐに江美へ近付いて来て、

「どうして戻った！」

と言った。

その言い方は、脅《おど》すというより、哀《かな》しげな印象だったのである。

目の前で人が殺される。

そんな経験をする人間はそう多くないだろう。——江美も、これがTVドラマのロケか何かじゃないのか、という思いを捨て切れなかった。

その男が、

「どうして戻った！」

と言ったときにも。

「どうして、って……」

江美は、あまりに意外な出来事を目にして、正直に答えることしかできなかった。「名刺のケータイの番号が違ってたんで、訂正しに……」

「何だって？」

「さっき渡した名刺に書いたの、古いケータイの番号だったの。最近、わけがあって変えたの、うっかりしてて……」

男は唖然《あぜん》として、

「そんなことで戻って来たのか」

「ええ……」

「見たな」

江美は肯いた。男はため息をついて、

「タイミングが悪かったな」

と言った。

男の手が江美の方へのびて来た。――殺されるのかしら？

だが、なぜか江美は恐怖を感じなかった。そして、真直ぐにひたすら男の目を見つめていた。

「――困ったな」

と、男は言った。「全く、困った」

「ごめんなさい」

どうして謝っているのか、自分でもよく分らなかった。

男の両手は、江美の首にかかっていた。――二人は、ホームの階段の裏側にいたので、乗り降りする客から死角になる位置にいた。

首を絞められる。そして殺されるんだわ……。

江美は男の目にじっと見入っていた。

すると――突然男は江美を引き寄せ、唇を江美の唇へと押し付けたのである。


「――どうしてだ？」

と、男は言った。「わざわざ本当の番号を書いて」

「だって……私のこと、知ってるじゃないの。大学も、名前も。ケータイの番号だけ嘘ついても仕方ない」

江美は、またマンションのベッドに寝て電話で話していた。

「それもそうだな」

「私からも訊いていい？　どうしてあのとき私にキスしたの？」

少し間があって、

「分ってりゃ、あんなことしない」

「変だわ。――私は目撃者で、あなたは殺人犯で……。あなたが私を殺す理由はあるけど、キスする理由なんか……」

「理由なしにキスすることだってある」

と、男は言った。「ともかく、この番号が本当かどうか、確かめたかったんだ」

「本当だったでしょ」

「うん」

「それで？」

——しばらく沈黙があった。

そして、

「ずっと黙ってるつもりかい？」

「分らないわ……」

男はちょっと笑って、

「君は正直だな」

と言った。

「だって——嘘ついても、分っちゃうでしょ？」

「なぜそう思う？」

「だって……あんなキスしたんだもの」

自分でも面食らっていた。私、何を言ってるんだろう？

「君はふしぎな女の子だ」

と、男は言った。「また会おう」

「待って！」

と、あわてて言っていた。「あなたには——連絡できないの？」

「何の用があるんだ？　殺しを職業にしてるような人間に」

「だって……」

「近々会うかもしれないよ。意外な所で」

「意外な所って？」

「知らないから意外なのさ。——じゃあね。江美君」

通話が切れた。

江美は、手の中のケータイをじっと見つめていた。汗がにじんで、それは手の中から滑って落ちてしまいそうだった。

殺しが職業……。

そんな人間が、本当にこの世の中に存在する。

それは、江美にとって、とんでもなく刺激的な事実だった……。

「――うん、分った。じゃ、すぐ行くから」

バスルームから出ると、橋口がちょうど電話でそう言っているところだった。

「どうしたの？　出かけるの？」

と、京田久江が口を尖《とが》らした。

「ちょっと下のラウンジへ行ってくる。すぐ戻るよ」

「本当？　いやよ。このまま放り出しちゃ」

「三橋《みはし》君だ。大事な取引の話がある」

橋口は上着を着た。

「秘書の三橋さん？」

「ああ。あれがいてくれないと、うちの仕事はスムーズにいかん」

久江も、三橋元子《もとこ》のことは知っている。

〈橋口シャツ〉に勤めて二十五年。その二十年は社長秘書である。

今、四十五歳。色気とは縁遠いが、仕事のプロとして、誰もが一目置く女性だ。

当然、橋口の私生活にも通じていて、おそらく夫人以上によく分っている。それでいて、久江との付合いにも、いやな顔一つ見せない。

久江も初めは警戒していたが、今では気軽に頼みごともするようになっていた。

「——じゃ、ベッドに入って待ってろ」

と言って、橋口はホテルの部屋を出た。

エレベーターでラウンジへ下りると、すぐに三橋元子のグレーのスーツが目に入った。

「社長……」

「呼び出してすまん」

「いえ、仕事ですから」

と、三橋元子は言った。「——仕事以外のことですか」

橋口の顔色を読むことにかけてはベテランだ。

「実はそうだ」

橋口は席について、「おい、コーヒーだ」

と、ウエイトレスへ声をかけた。

「用心しませんと」

と、元子は言った。「この間から、まだ間が空いていません」

「分ってる。しかし、どうしても必要だ」

「分りました。何とかします」

元子は決して橋口に逆らわない。

「適当なのがいるかな」

「ご心配なく。私が見付けます」

と、元子は言った。

「頼む。――お前にはいつも苦労をかけてすまんな」

「社長……。人が聞いたら何かと思いますわ」

と、元子は言った。「いつごろまでに？」

「来週ぐらいに何とかならないか」

「来週一杯いただければ」

「うん……頼む」

橋口はホッとした様子で、「――今度はヨーロッパでも行くか」

「お休みが……」

「いいさ。好きなときに休め。いつも、休日まで出て働いてるんだ」

「私は仕事が好きなんです」

と、元子は言った。「――社長。大月《おおつき》君はどうでしょう？」

「大月？　――あいつ、まだ二十六、七だろう」

「二十八です」

「若すぎないか？」

「もちろん、これまでのようにはいきませんが、大丈夫。何か考えます」

「うん……。お前がそう言うなら、任せる」

と、橋口は言った。

「明日の会議のことですけど――」

と、元子は話を変えた。

コーヒーを飲む間に打ち合せはすんで、

「では、これで失礼します」

と、元子は立ち上った。

「ご苦労さん」

と言って、「――おい。大月は結婚してたか？」

「いえ、まだですが、恋人がいます。もう三年越しの付合いです」

橋口は、帰って行く三橋元子の後ろ姿を見送って、

「大した奴だ」

と呟いた。

ラウンジの払いを部屋へつけて、橋口はエレベーターへと向った。久江が苛々《いらいら》して待っ

ているだろう。

エレベーターが来て、一人で乗ると、階数のボタンを押した。扉が閉ろうとしたとき、

「待って！」

と、飛び込んで来た女の子がいた。

勢い余って、橋口にぶつかり、二人で一緒によろけた。

「おっと！」

「あ、ごめんなさい！」

と、女の子は明るく笑った。

ふっくらとした、色白な可愛い子だ。二十二、三というところか。

エレベーターが上って行く。

「君……何階？」

「あ、いけない、忘れてた」

と、あわててボタンを押し、ペロッと舌を出す仕草が可愛い。

「君は……学生？」

と、橋口が訊くと、

「大学の四年生。——おじさん、いくつ？」

「五十だよ」

「へえ、見えない」

「そうか？」

「どう見ても四十九」

橋口は笑った。――こんな若い子と気軽にしゃべることは珍しい。

エレベーターが上って行く。

女の子はルームキーを手の中でいじりながら、

「おじさん、一人？」

と言った。

「いや」

「そうよね」

「君は？」

「私、一人」

女の子の目は、橋口をじっと見つめている。

エレベーターが停《とま》った。

「じゃ、ここで」

と、橋口が降りると、

「私、〈1403〉!」

扉が閉る寸前に、女の子がそう言った。

「——何だ、あれは?」

今の若い子は分らん……。

しかし、橋口は〈1403〉というルームナンバーを、しっかり頭に入れていた。

「——帰るの?」

ベッドの中で、久江が言った。

「会議が早くなったんだ。朝一旦《いったん》家へ寄るのは辛《つら》い」

橋口は服を着ながら、「泊ってけ。どうせ払いは同じだ」

「ええ……。じゃ、電話するわ」

「ああ」

久江は、すぐに寝息をたて始める。

橋口は部屋を出た。

もう十二時近い。——ホテルの廊下はひっそりとしていた。

「馬鹿げてる」

と、橋口は呟いて、しかし指はエレベーターの〈上り〉のボタンを押していた。

十四階で降り、〈1403〉のドアまで来たものの、迷っていた。

確かに可愛い子だったが、しかし……。

このまま帰ろうか、と思ったとき、中からドアが開いた。

「来てくれると思ってた」

さっきの女の子が、バスローブ姿で立っていた。

「入っていいのかい？」

「もちろん」

橋口は、それでも、

「すぐ帰るから……」

と言いながら、「君、どうして一人で？」

「誤解しないでね。商売にしてるわけじゃないのよ」

と、女の子は言った。「就職先を捜しに東京へ来てるの。本当は母と一緒のはずだったけど、足を挫《くじ》いちゃって。それで一人」

「なるほど」

「もう明日は帰るの」

女の子がバスローブの紐《ひも》を解いて、「何もなしで帰りたくない」

女の子の足下《あしもと》に、バスローブが落ちた。

橋口は、光って見えるほどつややかな若い肌に、息をのんだ。

「――泊ってって」

「今、女の所から来たばかりだ。こんな年齢《とし》じゃとても……」

しかし、橋口は女の子の方から抱きついて来ると、自分も若返ったかのような気がして、ベッドへともつれ込んだのだった……。

囮《おとり》作戦

「これ以上は待てない！」

と、現場の指揮に当っている警部、大町《おおまち》が言った。

緊張が走る。――これ以上は待てない、ということは、人質の命を危険にさらしても突入することを意味するのだ。

そして、それは人質の命を危険にさらすと同時に、大町の部下である刑事たちもまた「死の危険」に直面することである。

「――いいな」

と、大町は部下たちの顔を見渡して、「これ以上犯人側の譲歩は期待できない。それに加えて、人質の疲労もその極に達している！」

それを聞いていた部下の一人、広川《ひろかわ》がそっと呟いた。

「どうして分るんだ、そんなこと？」

すぐ隣にうずくまっていた早川正実は、同期の仲間、広川の言葉を聞いて、こんなときなのに——いや、むしろこんなときだからこそ、かもしれないが——ふき出しそうになるのをこらえた。

すると——。

「おい、早川」

と、大町が言った。「何かおかしいのか?」

「——は?」

「いや、俺の言うことが、おかしかったのか?」

「いえ、少しも」

「しかし、お前、今笑っただろう」

「いいえ!」

と、早川正実はあわてて首を振った。

「いや、お前は今、確かに笑った」

大町警部は、正実の上司ではあるが、ともかく細かくて身勝手で、「責任逃れの天才」と呼ばれていた。

やっと四十歳だが、頭はすっかり薄くなり、それを、

「俺は部下に恵まれていないからだ」

と、思い込んでいる。

往々《おうおう》にして、部下にとって、はた迷惑この上ないこういうタイプが、上役には覚えめでたく、出世するのである。

「全くな」

と、大町はいつもの通り皮肉っぽく、「殺人犯が母と幼い子を人質に立てこもっているというのに、ヘラヘラ笑っているような刑事がいる。しかも俺の部下に！　情ない話だ」

正実は抗議しようとしたが、どうせむだだと思い直した。

「――ともかく」

と、大町は一息つくと、「俺の決定を伝える。突入して、人質の母子を救出する。犯人は必要なら射殺してもいい」

部下たちの間に、諦めのため息が洩《も》れる。――どうせ、こうなると思ってたんだ。

「質問は？」

と、大町は言った。

当然、訊きたいことだらけである。――突入するといっても、どこからどう入るのか、何人でやるのか、二手に分れてやるのか、それとも正面から一気にか。

しかし、誰も質問しようとしない。

こういう場合、真正直な正実は黙っていられない。

「警部、もう少し具体的なことを教えて下さい」

正実の言葉を、大町は待っていた様子で、

「いいとも！」

と、嬉《うれ》しそうに言った。「俺はな、たった今、天才的なアイデアを思い付いたのだ」

自分で「天才的」と言うかね？

「俺は自分の部下を可愛いと思っている」

と、大町は続けた。「だから、たとえわずかでも犠牲《ぎせい》を出したくないのだ」

ご親切なことで。——誰もがそう思っていた。

「一人、囮を使う」

と、大町は言った。

「——囮って……何をするんですか？」

と、正実は訊いた。

「もちろん、犯人の注意を引きつける。その間に、他の者たちがこっそりと家の中へ入る。犯人を取り押え、人質を解放する！」

「しかし——」

「これは決定だ、と言ったぞ」

「——分りました」

「そうか」

大町は微笑んで、「早川は自分がぜひその囮になりたいと思っているんだな？　そうでもなきゃ、ニヤニヤ笑ってなんかいられないだろうからな」

——その家の周辺は、しっかり警官隊に遮断《しやだん》され、報道陣も奥までは入って来ない。

昼下りの住宅地はパトカーやトラックで埋めつくされてしまった。

元はといえば、この近くで手配中の犯人と似た男を見たという通報があり、警官が駆けつけたのだが、その男がいい加減な勤め先を言って名刺を出すと、警官はコロッと騙《だま》されてしまい、人違いを詫《わ》びたばかりでなく、通報してくれた主婦のことまで、「あそこに住んでいる人が知らせてくれて」としゃべってしまった。

犯人は、警官を刃物で傷つけ、拳銃《けんじゆう》を奪ってその主婦の家へ押し込むと、立てこもってしまったのである。

中には主婦とその二歳の子供。

もちろん正実とて、その母子を救い出したいと思っている。しかし、大町に言われて囮になるのもしゃくだ。

すると、広川が手を上げて、

「ここはやはり公平に、くじで決めてはどうでしょう」

と言ったのである。

正実は、広川の言葉に感動して、

「いや、その必要はありません」

と、力強く言った。「僕が囮になります」

「そうか」

大町は肯いて、「本人の希望とあれば仕方ないな。では、早速実行に移そう」

――正実は、「会議」を開いていたワゴン車のかげから、そっと問題の家を覗《のぞ》いた。

「いい家だな」

と、広川が言った。

「おい、お前が変なこと言うから、笑いそうになったんだぞ」

と、正実は言った。

「分ってる。だからくじにしようって言ったのに」

「どうせ警部は僕を行かせるさ」

「そうだな」

「しかし、どうして警部は僕のことをそんなに嫌ってるんだ？」

「お前、知らないのか」

と、広川が呆《あき》れたように、「警部はな、三年前に十五も年下の、大学出たての女の子と結婚したんだ」

「知らなかった！　独身じゃなかったのか」

と、正実は目を丸くした。

「今は独身さ。——結婚して三日で逃げられて離婚したんだ」

「三日で？」

「だから、お前が二十歳の嫁さんと仲良くしてるのがしゃくに障《さわ》るんだよ」

「リル子は二十一だ」

「同じじゃないか」

「そうか……」

正実は、リル子のことを思うと、うかつに囮になるなどと言うんじゃなかった、と悔んだ。

「——リル子に電話しよう」

と、正実は携帯電話を取り出して、リル子のケータイへかけた。

「——だめだ」

「つながらないのか？」

「大学だからな、今日も。授業中で電源を切ってるんだろう」

「じゃ、メッセージでも——」

そこへ、

「早川君」

と、大町が正実の肩を叩《たた》いた。「お忙しいとは思うが、そろそろ始めたいんだがね」

「——行くぞ」

と、大町が言った。「早川が家の中へ入って、十分したら一斉に突入する。いいな」

どう考えたって無茶な作戦だった。

囮といっても、正面から、ノコノコと玄関へ行って、セールスマンみたいに、チャイムを鳴らせというのだから。

しかも、

「人質の身に危険が及ぶ」

というので、拳銃は置いて行くことになった。

これでは、殺されに行くようなものである。しかし今さら「やめよう」とも言えず、正実は大勢の刑事と警官隊の見守る中、その家へと歩き出したのである。

――なかなか立派な家で、低い門があり、そこから前庭を抜けて玄関へ着く。

正実は、いつ中から弾丸が飛んで来るかと緊張しながら、門を開けた。

そのとたん――銃声ではなく、ポケットで携帯電話が鳴り出した。

正実があわてて出ると、

「――あ、正実ちゃん？　ごめんね、さっきかけてくれたのに」

リル子である。

「いや……いいんだ」

「ちょうど、先生の所へ行く用があって、おしゃべりしててね。――何か用事だったの？」

「うん……。まあね」

「どうしたの？」

正実は、しゃべりながら、玄関へ着いてしまった。

「いや、あの……」

正実はチャイムを鳴らした。「もしかすると今日帰れないかもしれないんで……」

「どうしたの？」

「仕事でね」

「そう。でも、遅くなってもいいから帰ってよ。正実ちゃんの顔を見ないと、私、寂しくって」

「ありがとう！」

正実は感動した。「——もし僕が死体になって帰ったら、抱きしめてくれ」

「何言ってるの？」

「人質事件なんだ。僕は囮になって——」

玄関のドアが開いた。正実はびっくりして、

「あ、あの……警察の者です」

目の前にぐいと銃口が突きつけられた。

「一人か？」

「——そうです」

「入れ」

と、男は言った。

正実は、携帯電話の通話を切るとポケットへしまって、家の中へと入ったのである。

「——もしもし！　——正実ちゃん！　もしもし！」

リル子は、大学の廊下で呆然《ぼうぜん》と突っ立っていた。

今……あの人、「死体になって帰ったら」と言ったんだわ。「人質事件の囮になって……」と。

あの人が——あの人が死ぬ？

「いやだ！」

と、大声で叫んだので、廊下を通っていた他の子たちが飛び上った。

リル子は、手にしたケータイに念力でもこめるかの如《ごと》く、にらみつけながらボタンを押した。

「お願いです。——出て下さい！　——神様！」

「私は神様じゃないわよ」

「お義母《かあ》さん！　リル子です！」

「あら、どうしたの？」

と、早川香代子《かよこ》がおっとりと言った。

「助けて下さい！」

「なあに？　正実と夫婦ゲンカ？」

「違います！　あの人、人質事件の囮になって、死ぬかもって」

「何だって？」

「今、私のケータイにかかって来たんです！　お願いです。あの人を助けて！　あの人が死んだら私も生きてられません！」

「落ちついて！」

と、早川香代子は言った。「他に何か言わなかったの？」

「いえ、それだけしか――」

「分ったわ」

と、香代子は言った。「大丈夫。安心してなさい。あの子を死なせるもんですか」

「お義母さん！　お願いします！」

と、リル子は頭まで下げていた。

一方、そんなことはまるで知らない正実は、その凶悪犯に家の中へ入れられて、

「――お邪魔します」

と、靴を脱いで上った。

「お前、刑事か?」

「そうです」

「何だか頼りないな」

正実はムッとして、

「正真正銘の刑事です!」

「分った分った。——何しに来たんだ?」

訊かれて正実の方が面食らった。

「だって——人質を助け出すのが、刑事の仕事です」

年齢《とし》のころ、五十くらいの凶悪犯は、パッとしないサラリーマン風だった。

「しかし、今は邪魔しない方がいいと思うぜ」

「邪魔?」

奥の部屋を覗いた正実は、畳《たたみ》に布団を敷いて、子供を寝かしつけた母親が一緒になって眠ってしまっているのを見て、唖然としたのだった。

「ま、こんなもん、他に使う所もないしな」

と、「凶悪犯」は上着のポケットから名刺を取り出して正実へ渡した。

正実も、指名手配中の犯人から名刺をもらったのは初めてのことだった。

正実はそれを読んで、ふき出してしまった。何しろ名刺には、〈全国指名手配　有名犯罪者矢川法夫〉と刷ってあったのだ。

正実が笑うのを見て、矢《や》川《がわ》法《のり》夫《お》はニヤリとすると、

「こりゃいいや。あんたは刑事の割にユーモアが分る」

誉《ほ》められて喜んでいるわけにもいかないが——。

「僕は……名刺はないけど、早川正実。〈正しい〉に〈木の実〉の〈実〉を書きます」

「そうか。ま、ご苦労さん」

一応拳銃を突きつけられてはいるが、何とも妙になごやかな空気である。

居間のソファで寛《くつろ》ぐと、

「しかし、武器もなしで、どういうつもりでノコノコやって来たんだ？」

「上司の命令で」

と、素直に答える。

「ひどい上司だな」

「嫌われてるんです」

「何かやらかしたのかい？　その上司の女に手を出したとか」

「とんでもない！」

正実はムッとして、「僕には今年二十一歳の、リル子という可愛い妻がいます。他の女になんか手を出しません」

「じゃ、どうしたんだ」

正実が、広川から聞いた話――大町が若い奥さんに三日で逃げられた、という話をすると、矢川は大笑いして、

「そりゃ、あんたに八つ当りしたくもなるか」

「当られる方はたまりませんよ」

と、正実は言い返したが、「でも、どうしてここへ押し込んだりしたんです？　すぐ逃

げりゃいいのに」

「それはそうなんだがね。——もう逃げるのにもくたびれたんだよ」

と、矢川は思いがけないことを言った。

「どれくらい逃げてるんですか？」

と、正実は訊いてから、急いで付け加えた。

「すみません、あなたがどうして手配されてるかも聞いてないんです」

「いい加減だね」

と、矢川はため息をついた。「しかし、まあ当然かな。もう十年にもなる」

「十年も！」

「うん。——十年前、俺は女房を殺して逃げたんだ。それ以来、日本中を転々とした」

正実は奥で眠っている母子の方へ目をやって、

「十年前の事件の犯人を、どうしてあの若い奥さんが知ってるんですか？」

「いいこと訊くじゃないか」

「はあ……」

「あの子は、俺の殺した女房の姪だ」

と、矢川は言った。「よくうちへ遊びに来ていて、俺も可愛がっていた。そのせいで、ずいぶん様子の変った俺を見分けたんだ」

「それなら、何も押し込まなくても……」

「押し込んじゃいないよ。俺は刑事から、通報したのがこの家の奥さんだと名前を聞いて、すぐピンと来たんだ。懐しくて、どうしても会っておきたかった」

「でも……もうじき、警官が突入して来ますよ。あなたがあの二人を人質に取っていると思い込んでますからね」

「それはそれでいいさ」

と、矢川は言った。「あの子が眠ってる間に、けりがつくだろう」

この男は死ぬつもりだ、と正実は思った。

「ちゃんと罪を償《つぐな》って、やり直しちゃどうです？　大きなお世話かもしれませんが」

矢川は微笑んで、

「ありがとう。あんたはいい奴だな」

と言った。「だが、俺はもう五十過ぎだ。刑務所から出たら、もう人生は何年も残っちゃいない。今、ここでいっそアッサリと終らせたいよ」

「でも……」

「そうだ……」

と、矢川は思い付いたように、「あんたに、その上司を見返させてやるよ。ここで俺の手から拳銃を奪おうともみ合っている内、俺を射殺してしまうってのはどうだ？」

正実は目を見開いて、

「僕にあなたを射殺しろって言うんですか？」

「そうだ。――大丈夫、何しろもともとこっちの持ってた銃だ。批判されることはないよ」

と、矢川は言った。「――どうだ？　俺もわけの分らない奴に撃たれるより、あんたのようなユーモアの分る奴に撃たれたい」

正実は背筋を伸すと、

「お断りします」

「どうしてだ？　俺が騙すとでも思ってるのか」

「いいえ。しかし、警官は止むを得ない場合以外、容疑者を射殺してはいけないんです」

「今ならいいんじゃないのか？」

「いいえ。世間にどう見えても、僕の良心が許しません。ちゃんとあなたを逮捕して出て行くのならともかく……」

「あんたは本当に珍しい刑事だね」

と、矢川が呆れている。「じゃあ仕方ない。ここで一発撃てば、あんたがやられたと思って、他の連中が飛び込んで来る。ま、警官隊の一斉射撃にあって死ぬってのも、派手でいいかもしれないな」

もうやって来るころだ。——正実は汗が背中を伝い落ちていくのを感じた。

「そろそろ行くぞ」

と、大町は楽しそうに言った。「いいな、間違いなく矢川を仕止めるんだぞ」

「でも警部」

と、広川が言った。「もう一度投降を呼びかけてみては？　早川刑事の命にもかかわりますし」

「相手は凶悪犯だぞ！　そんなことで出て来るもんか」

「でも、やってみても——」

「いいんだ！」

と、大町は言った。「いいか、一斉に突入するぞ！　中へ入ったら撃ちまくれ！」

戦争映画の見過ぎかもしれない。

「あと十秒、九、八、七——」

「大町警部」

と、パトカーの警官が呼んだ。「電話が入っています」

大町は顔を真赤にして、

「今、手が離せないんだと言え！」

と、怒鳴った。

「ですが——警視総監からですが」

「出る！」

大町は走って行った。「——はい！　大町警部であります！」

やれやれ、と広川刑事はため息をついた。——早川の奴、無事かな。

何しろクソ真面目な奴だ。他の奴を犠牲にして自分だけ生き残ろうなんて、絶対に考えない奴だからな。

正面から突入したら、十中八九《じっちゅうはっく》、早川は死ぬ。

あの可愛い若妻を未亡人にするのか？　警部もひどいことするぜ、全く。

——大町が戻って来た。えらく仏頂面《ぶっちょうづら》である。

「どうしたんです？　警視総監は何て？」

「早川を死なせるな、と言われた」

「え？」

「早川が死んだら、俺を巡査に降格して、交通整理をやらせるそうだ」

大町は怒りで顔を真赤にして、「早川の奴、総監の恋人なのか？」

と言った。

「矢川さん」

という声に振り向いて、矢川と正実は目を丸くした。

寝ているとばかり思っていた母親が、赤ん坊を肩からさげた袋に入れ、両手にボストンバッグを持って、すっかり旅仕度で立っていたのである。

「あかり！　何してるんだ？」

と、矢川が言った。

「一緒に逃げるの」

「馬鹿言うんじゃない！　俺は日本中逃げ回って——」

「どこへでもついてくわ。叔父《おじ》さん、連れてって」

じっと矢川を見つめる目は少女のようなひたむきさを秘めていた。

「——どうなってるんです？」

と、正実はため息をついた。

矢川はため息をついて、

「どうやら、この子の亭主が愛人を作って、家へ帰って来ないってことらしいんだ。それ

で、俺はそれなら出てけと言ったんだが……」

「私、叔父さんのことなら信じられる」

「よせ！　女房を殺した男だぞ、俺は」

「私、知ってるもの、どうしてあんなことになったか」

「あかり！　よせ！」

と、矢川は言った。「それに、もうここは取り囲まれてる。とてもじゃないが、逃げら

れやしない」

「じゃ、私も一緒に死ぬわ」

と、あかりは言った。「ルミはこの刑事さんに預けて」

「ちょっと待ってくれ！」

と、正実はあわてて言った。

すると、どこかで、

「ちょっと待った」

という声がした。

正実と矢川は顔を見合せて、

「——誰だ、今の?」

「さあ……」

大体、もう突入して来る時間だが……。

と、また声がして、居間の床板がポコッと一メートル四方の大きさで開いた。

「逃げな」

「キャッ!」

と、あかりが声を上げる。

「どうなってるんだ?」

矢川はその穴を覗き込んだ。「——床下に通路でもあるのか?」

「知らないわ」

「見ろよ」

矢川が正実を手招きした。

正実が覗くと、床下はコンクリートの壁に囲まれた空間で、ごていねいに赤い矢印が描いてある。

「頭を低くすれば通れるくらいの高さがあるな」

正実は首を振って、「ともかく、誰かがあんたを逃がそうとしてる」

「見当もつかねえ」

「――行きましょう！」

と、あかりは目を輝かせて、「神様が私たちに逃げろとおっしゃってるのよ」

「神様が矢印を描いたのか？」

「行きましょう！　ねえ！」

矢川は正実を見て、

「しかしな、俺が逃げると、この刑事さんにはまずいことになる」

正実は、この男が本当は「凶悪な人間」ではないと思った。

「――行っていいですよ」

と、正実は言った。「後でちゃんとふたしときますから」

「ありがとう！」

あかりが正実の頰《ほ》っぺたにキスした。

正実としては、赤ん坊を置いて行かれるよりは、この方が良かったのである。

「――分ったよ」

矢川はあかりの頭をなでて、「困った子だ」

「もう母親よ。子供扱いしないで」

正実は、ちょっと咳《せき》払いして、

「顎《あご》を一発殴って」

と言った。

「どうしてだ？」

「殴られてのびてる方が、何も知らないって言えるでしょ」

「しかし……申しわけないよ」

と、矢川がためらっていると、

「じゃ、私が！」

あかりが拳《こぶし》を固めて正実の顎へ一発パンチを食らわした。正実は床を二回転もしてしまった。

「ごめんなさい！　私、最近、ダイエットにボクシングやってるの」

「大丈夫。――早く行って！」

矢川とあかりと赤ん坊が床下へ姿を消すと、正実は床板をきちんと戻し、それからカーペットの上に大の字になってのびたふりをした。

広川が踏み込んで来て、正実が意識を失っている——眠っていたのである——のを見付けたのは、十五分後のことだった……。


「——もしもし、親分」

「ああ、丈吉《じようきち》かい？　どうだった？」

「正実さんは無事です」

「良かった！」

「一つ、妙なことが」

「何だい？」

「その家ですが、床下に隠し通路が。裏の空地へ出るんです」

「ふーん。何かありそうだね」

と、早川香代子は言った。「その家の住人のことを調べてごらん」

「分りました」

と、小判《こばん》丈吉は言った。

——そのころ、正実は救急車で病院へと運ばれて行くところだった。

卒業生

「正実、大丈夫かい？」

と、病室のドアを開けて、早川香代子が入って来た。

「母さん！」

正実がベッドから手を振って、「ちょっと殴られて気を失ってただけだよ」

「でも良かった！　早川家は一人でも欠けたら早川家じゃなくなるからね」

香代子は、正実のベッドの傍《そば》で仏頂面をして立っている大町警部の方へ、

「失礼ですが、大町警部様でいらっしゃいますか」

「は……。ええ、まあそうです」

本人が「まあ」もないものだ。

「いつも正実がお世話になって」

と、香代子は深々と頭を下げ、「正実がいつも申しておりますわ。いい上司に恵まれて、

自分は本当に運がいいって」

「いや、それほどでも……」

大町は、皮肉でも言われているのかと用心深げである。

「正実が今日一日無事でいられましたのも、大町様のおかげで……。土方《ひじかた》」

と、香代子が呼ぶと、香代子の子分の土方が静かに入って来た。

両手で、大きな箱をささげ持っている。

「大町様。これを――」

と、香代子が土方へ肯いて見せると、土方は進み出て、大町へ箱を渡す。

「これは……？」

「いつも正実がお世話になっている、心ばかりのお礼でございます。いえいえ！　大したものではございませんので」

「いや、しかしこんなことをされては困ります！」

と言いながら、大町の手はちゃんと受け取っている。「いや、全く……困りますな」

「どうかお納めいただいて……」

と、やり合っているところへ、パッとドアが開いて、

「正実ちゃん！」

と、飛び込んで来たのは、リル子。「良かった！　生きてたのね！」

「リル子――」

「あなたが死んだら、私も死ぬわ！　絶対に死んじゃだめよ！」

「リル子……」

「あなた！」

二人は、周囲の目など全く存在しないかの如く、固く抱き合ってキスしたのである。

その光景は、若い奥さんに逃げられた過去を持つ大町の傷口を開かせたに違いない。

大町の手から箱が落ちると、ふたが開いて中のものが飛び散った。

「――何です。この紙きれは？」

と、大町は言った。

香代子がかがみ込んで一枚ずつ拾いながら、

「これは背広のお仕立券。二十万円相当の布地です」

「二十万？」

大町が啞然とする。

「こちらが、ホテルKでのディナー券。フルコースのフランス料理にワインも飲み放題。お二人様で三回分ございます」

「フルコース……」

「これはハワイへの往復航空券。お二人で往復ともファーストクラス」

「ファーストクラス……」

「ハワイのホテル宿泊券。一週間、デラックスツインルームにお泊りになれます」

「一週間……」

大町の目が輝いて来た。

「その他、東京ディズニーランドの半年間無料パス。高級マッサージサロンの利用券
……」

「ありがたくいただきます！」

と、大町は箱を抱きかかえると、急いで病室を出て行った。

「——もう二度と囮になんかならないでね」

と、リル子が甘えた声で言うと、

「分った。ごめんよ、心配かけて」

と、正実の方も負けていない。

「念のため、今日一日だけ入院しなさいってさ」

と、香代子が言うと、

「私、ずっと付いてます！」

と、リル子が張り切って、「一度やってみたかったんです、徹夜の看病って！」

「そんなに悪くないよ」

と、正実が笑って、「──あれ？　大町警部は？」

「今出てったよ。何でも忙しいんだってさ」

と、香代子は澄まして言った。「じゃ、リル子ちゃん、後はよろしくね」

「はい！　任せて下さい！」

元気一杯のリル子を後に、香代子と土方は病室を出た。

──香代子たちが病院の外へ出ると、車が寄せて来て小判丈吉が顔を出す。

「お迎えに上りました」

「ご苦労さん」

香代子たちは、車に乗り込んだ。

車が走り出し、丈吉が、

「これから、例の家へ行ってみますか」

と、訊いた。

「そうだね。──何か分ったかい？」

「何分《なにぶん》、時間がなくて。——本間《ほんま》という男の家ですが、今のところ本間が何か裏の稼業に手を出しているって話はつかんでいません」

「そう……。本間ってのは、外に女をこしらえてるとか？」

「そんな話でしたが」

「その家、持主は今、本間かもしれないけど、建てたのは？」

香代子の言葉に、丈吉は、

「なるほど、うかつでした！　本間は何も知らずに、あの家を誰かから買ったのかもしれない」

「建てたのは、あるいは建てさせたのは誰か、当ってみておくれ」

「分りました」

「でも、後になると厄介《やっかい》だね。その抜け穴だけ見に行こうか」

と、香代子は腕組みをした。


「ごちそうさま」

と、淳子がレストランを出る所で言った。

「これからどうするんだ？」

橋口竜也は、秘書の三橋元子と二人で昼食をとることにしていたのだが、そこへ娘の淳子がやって来て、三人一緒に、ということになったのだった。

「私、大学へ行くの。もう文化祭が近いんだもの」

「今日は寒いぞ、そんな格好《かっこう》で」

——十一月が近いというのに、割合に暖い日が続き、つい薄着になる。今日は一転して曇った、真冬のような底冷えする日だった。

「仕方ないじゃない。ミンクのコートでも買ってくれる?」

と、淳子は笑って言った。

「お待ち下さい」

と、三橋元子が言った。「K大学まで、車でしたら二十分ほどです。誰かに送らせましょう」

「大丈夫よ。そんなこと」

「文化祭本番を前にして、お風邪でも召されたらお困りでしょう」

三人は、〈橋口シャツ〉の入ったビルの前に来ていた。

「——大月君!」

と、三橋元子が呼ぶ。

ビルの中へ小走りに入って行こうとした青年が足を止めて、

「はい！　――あ、社長」

「大月君、車、運転するわね」

「はい」

「じゃ、社の車で、社長のお嬢様をK大学へお送りして」

「分りました！」

「キーは総務の方にあるから」

「はい！」

大月はあわててビルの中へ駆けて行った。

「――何だか悪いわ」

「いいんです。どうぞ中でお待ち下さい。ここは寒いですから」

と、三橋元子が促す。

「うん。――じゃ、お父さん」

「ああ。三橋君、この子を乗せてから上って来てくれ」

「かしこまりました」

橋口はエレベーターを待っていて、ポケットの中のケータイが鳴り出すと、あわてて取り出した。

「もしもし。——君か」

橋口の声が低くなる。「——うん。——しかし、君は退屈じゃないのか……」

口もとにはつい笑みが浮んでいた。

——淳子は、三橋元子と二人でロビーに立っていたが……。


「三橋さん」

「はい」

「お父さん——変ったわね」

「社長さんがですか」

「こんなこと言うの変だけど……。以前、こんなにお金のなかったころのお父さんの方が、好きだったな」

「淳子さん……。社長さんは、奥様と淳子さんのために、必死で働いておられるんですわ」

「そうかしら」

淳子は肩をすくめて、「——ま、おかげで私もK大なんかへ通えるんだしね」

「淳子さんは、大学生活を思い切り楽しまれればよろしいのです」

「そうね」

「苦労は大人になれば、いやでも待っていますわ」

と、元子は言った。「大学の文化祭では何を?」

「演劇部。でも舞台に立つんじゃないのよ。ライト当てたり、小道具の用意したり。――

そういうのが好きなの」

「とてもいいことですわ」

と、元子は微笑んで言った。

「三橋さん、よかったら見に来て。ね?」

「もし都合がつきましたら」

「つけて! 業務命令よ」

と、淳子は笑って言った。

「あ、車が。――じゃ、お気を付けて」

大月が急いで車を降りると後部席のドアを開けた。

「安全運転でね」

と、元子が念を押す。

「ご心配なく」

大月は運転席に戻った。

車が走り出すと、淳子は、

「K大学、分ります?」

と、訊いた。

「もちろん」

と、大月が答える。「僕もK大卒ですから」

「何だ! そうなの? ね、何学科だったの?」

とたんに淳子は大月を友だち扱いして、車がK大のキャンパスに入るまで、二十分間、
大月は成績の中身までしゃべらされてしまった……。

「――ありがとう」

正門前で車を降りると、「大月さん、本当に文化祭に来てね! 約束よ」

「かしこまりました」

「彼女同伴でもOKよ!」

と言って笑うと、淳子は大学の中へと急いだ。

「遅れちゃう!」

演劇部の部員の集合時刻まであと五分しかない。

淳子は、校舎の中を駆け抜けて行った。

「——おっと！」

曲り角で危うくぶつかりかけて、

「すみません！」

「いや……。君、橋口君か」

「あ、大屋先生」

〈犯罪心理学〉の講義は、淳子も取っていた。

「やけに急いでるね」

と、大屋は笑って、「待ち合せに遅れそうなのかな？」

「クラブの会合で。——失礼します」

淳子は、ちょっとドキドキしていた。ぶつかりはしなかったが、胸のふくらみがチラッと大屋の腕をかすった。

「——子供じゃあるまいし」

と、呟きながら、淳子は足早に部室へと向った。

大屋はプレイボーイで有名だ。何人もの女子学生と遊んでいるらしい。

淳子の趣味ではないが、あの大屋のどこが女の子をひきつけるのか、好奇心はあった。

でも——もちろん、大屋に誘われてもついて行く気になんてなれない。

淳子は部室のドアを開けて、

「遅くなりました！」

と言ったが……。「——何よ、これ？」

まだ部室には三、四人しか集まっていなかったのである。

「走って来るんじゃなかった！」

と、息を弾ませて、淳子は椅子を一つ引いて座ると、今になって額を濡《ぬ》らす汗をハンカチで何度も拭《ぬぐ》った。

特別講師

「私の愛《いと》しい夫が入院しているんです。今日一日だけ休ませて下さい」

よくまあぬけぬけと……。

〈犯罪研究会〉のメンバーである仲村里加は、早川リル子からの電話を大学の空《あ》いた教室で受けていた。

「愛しい夫も大事でしょうけどね、文化祭はもうじきなのよ。今夜だって、これから私と原島さんでポスター作りをやるの。本当はあなたのような二年生がやらなきゃいけないのよ」

一緒にいる原島信子が笑いをこらえて、

「もうやめなさいよ、いじめるの！」

と、小声で言った。

当の仲村里加が、さっきからおしゃべりばかりして何もしていなかったからである。

「――仕方ないわね。じゃ、明日はちゃんと手伝ってよ」

と、里加が言うと、

「ありがとうございます！　明日はもう徹夜でも何でもしちゃいます」

と、早川リル子は言った。

「よろしくね」

「あの――もし、主人で役に立つことがありましたら、言って下さい」

「ご主人が？　だって――あなたの愛しいご主人って何をしてる人なの？」

「刑事です」

里加の態度がガラッと変った。

「お大事に！　じゃ、よろしく伝えて」

聞いていた原島信子が呆れて、

「何よ、今の電話？」

「びっくりした！」

と、里加は自分のケータイをまじまじと眺めた。

「別にケータイが話をしたわけじゃないでしょ。何をそんなにびっくりしてるの？」

「だって……早川リル子の旦那って、刑事だっていうんだもん」

「本当？」

信子も目を丸くして、「それでうちの研究会に入ったのか」

「目がさめちゃったわ」

と、里加は首を振った。

「——誰が刑事だって？」

と、教室へ入って来たのは田所江美。

「あ、江美、来たの。調子、どう？」

と、里加が訊く。

「うん、もう大丈夫」

「それがさ、今——」

里加としては、特ダネを信子にしゃべられてしまわない内に自分で言ってしまおうというわけで、早口にまくし立てる。

「へえ……。面白いこともあるもんね」

江美は里加が期待していたほどにはびっくりしなかったが、もともといつもさめたところのある江美である。

「——ね、ちょっと！」

と、信子が言った。「いいこと思い付いちゃった！」

「何よ」

「その早川リル子ちゃんの亭主をさ、文化祭に呼んでしゃべってもらうってのはどう？正に〈犯罪研究会〉にぴったりの企画だと思わない？」

里加が目を輝かせて、

「それいい！——犯罪捜査の現場にいる人に話してもらう。何なら質疑応答の時間も作ってさ」

「誰かに犯人役になってもらって、逮捕のときの手錠のかけ方とかね」

「それ、面白いね！　やろう、やろう！」

二人で盛り上っている。

「ちょっと、こっちで勝手に決めても」

と、江美が苦笑する。「向うが引き受けてくれるかどうか、分らないでしょ」

「——あ、そうか」

と、信子が腕組みする。

「でもさ、絶対にやろうよ！」

と、里加は言い張った。「何が何でも承知してもらう。三年生の権威をフルに活かして」

「脅迫《きょうはく》の罪で捕まるかも」

「まさか」

——江美は少し考えていたが、

「私、頼みに行ってくるわ」

「江美が？　それなら大丈夫だ」

「待ってよ。私だって自信ないのよ。でも、色々細かいこと、二人にやらせちゃって申しわけないと思ってるの。だからこれは私が頼みに行くわ」

「何なら色仕掛けでもいいわよ」

と、里加が言って、

「馬鹿ね、リル子ちゃんと旦那が別れちゃったら、呼べなくなるでしょ」

と、信子につつかれている。

「あ、そうか」

「どこの病院に入ってるのかしら？　早川さんの電話番号、分る？」

と、江美は訊いた。

「大月君、ご苦労様」

と、三橋元子がすれ違いかけて呼び止めた。

「ちゃんとお送りしてくれたわね」

「はい、確かに」

と、大月は言った。「僕もK大卒ですから」

「あら、そうだった？ 偶然ね」

「文化祭に来いと言われました」

と、大月は笑っている。

「あら、そうなの？」

「デートの約束が入ってるんですが――。でも、彼女を連れて行きます。何といっても社長のお嬢さんですからね」

「悪かったわね。でも、社長もお喜びよ」

「はあ」

大月は自席へ戻って行く。

三橋元子は、秘書席へ戻ると、今は外出して空の社長の席を見やった。

そして、周囲をちょっと見回すと机の電話へ手をのばした。

「――もしもし」

と、小さな声になって、「——私よ。考えてくれた？　——もちろん考えるわよ。五割増しでどう？」

向うは三割増しぐらいと希望しているだろう。「五割」と要求して「三割とる」つもりだ。

だから、元子は初めからいきなり「五割増し」と言ったのだ。どうせ交渉で上げるのなら、最初から上げておく。

向うは得をした気になる。

「どう？」

と、元子は言った。「難しいのは分ってるわ。だから五割増しと言ってるじゃないの。——そうね。K大の文化祭に彼女を連れて行くって。外部の人間も沢山《たくさん》来るわ。チャンスだと思うけど……」

しばらくしてから、向うの返事があった。

「——それでいいのよ。——ええ、よろしくね」

元子の顔にホッとした笑みが浮ぶ。

そして、元子は静かに受話器を置いた。

元子がパソコンに向っていると、電話が鳴って、

「はい。——あ、元子です。——今、お出かけなんです。たぶん……そう長くかからないと思いますけど」

「じゃ、戻ったら電話ちょうだいって伝えて。スナックのことでね、ちょっと至急相談したいことがあるの」

と、京田久江が言った。「あの人のケータイにもかけたんだけど、切ってあって」

「大事なお打ち合せなので。連絡が入りしだいお伝えしますわ」

「よろしくね」

受話器を戻して、元子は初めて眉《まゆ》をひそめた。

社長の橋口は出かけている。——てっきり久江と会っているとばかり思っていたのだ。

長い付合いで、橋口が女と会いに行くときはちゃんと分る。——今日も、久江と二、三時間楽しみに行くのだろうと思った。

ところが、久江からの電話。——してみると、橋口は誰と会っているのだろう？

「まさか……」

他に女が？

元子は考え込んだ。——橋口は、女のことなら元子にいつも隠さず話していた。ちゃんと秘密は守るし、何か急な用のときには分らないと困るからだ。

しかし今日は違う。

こんなことは初めてだ。どうしたというんだろう？

――結局、橋口は二時間ほどして戻って来た。

「お帰りなさいませ」

と、元子はいつもと変らない調子で、「久江さんからお電話が。連絡を下さいということでした」

「ああ……そうか。分った」

橋口が、ちょっと渋い顔になった。

まずいときに電話して来て……。そう思っているのだ。

「ちょっと映画を見て来てな。なかなか面白かった」

しなくてもいい言いわけ。――間違いない。

他の女と会っていたのだ。

元子は、橋口の相手を突き止めておかねば、と思った。

秘書は、社長のすべてを知っていなければならないのだから……。

「おい、どうだ？　仮病で休んでる気分は」

と、病室のドアを開け、早川克巳が顔を出した。

「兄さんか」

ベッドで雑誌をめくっていた正実が笑って、

「ひどいなあ、仮病だなんて」

「本当のことだろ？」

「休暇だよ。女房孝行さ」

「入院が？」

「何しろゆうべは眠らせないんだ。『熱はない？』だの、『何か欲しいものは？』『フルーツ食べる？』……。ほとんど十分おきに起されてね」

克巳にも、リル子のやることは見当がつく。要するに、「病に倒れた夫を看病する、けなげな妻」の役をやってみたいのだ。

「しかし、危いところだったって？」

と、克巳が椅子にかけると、

「実はそうじゃないんだ」

と、正実は少しむつかしい顔になって、「あの凶悪犯――矢川法夫っていうんだけど、なかなかいい奴なんだよ」

矢川が、本間あかりとルミを連れて逃げた事情を説明すると、

「ふーん。その十年前の〈妻殺し〉も、何かわけがありそうだな」

「そうなんだ。でも、マスコミじゃ、矢川が母娘を脅して連れ去ったと思われてる。——あれじゃ、誰かが矢川を見付けたら、射殺しちゃうかもしれない」

「お前も苦労性だな」

と、克巳は笑って言った。「ま、ともかく元気そうで良かった」

「今日の夕方には退院するよ。リル子が大学へ行かなきゃいけないんだ」

「リル子ちゃんはどこだ?」

「昼食に、おいしいお弁当を買ってくるって言って、出かけてる。じき戻るよ」

言い終るより早く、ドアが開いてリル子が帰って来た。

「あ、克巳兄さん!」

「やあ。楽しそうだな」

「そうなの。もう、いつでも入院してねって言ってるんだけど」

「楽しいのは初めの内さ。——ま、二人きりの貴重な『入院生活』を邪魔しちゃいけないな。もう行くよ」

「あら、ゆっくりして行ってよ」

「俺だって仕事があるんだぜ」

と、克巳は言って立ち上った。「じゃ、正実。またな。何か用があれば、いつでも電話しろ」

「分った」

「エレベーターまで送るわ」

リル子が克巳について来た。

「母さんが手を貸してくれたって？」

「そうなの！　お義母《かあ》さんって魔法使いね、まるで」

「そうかもしれないな」

エレベーターの下りが来て、「じゃ、また。文化祭に行くよ」

と、克巳は手を振ってその中へ消えた。

「じゃ、電話して！」

と、リル子は克巳の乗ったエレベーターの扉が閉るのを見て言った。

すると、隣のエレベーターの扉が開いて、

「――あ、早川さん」

「田所さん！」

と、リル子はびっくりした。「どうも……。あの——どなたかご入院ですか」

「あなたのご主人にね、ちょっとお願いがあって来たの」

「あの人に？」

リル子は目をパチクリさせているばかりだった……。

晴れの日

急ごしらえの屋台から匂うソース焼そば、できそこないのクレープの甘ったるい香り。

「今日の演劇部公演は午後一時からです！」

と、喉《のど》を嗄《か》らして呼びかけながらチラシを配っている女の子――。

「青春の日々を思い出すな」

と、早川圭介が言った。

「俺はもう忘れた」

と、克巳は言って、「正実が話をするって？　どこでやってるんだ？」

「さあ。――あいつ、人前で話なんかできるのかな」

「分らないぜ。人は意外な才能を持ってるもんだ」

――K大学の文化祭当日。

秋晴れの爽《さわ》やかな日で、大学キャンパスにも、学生以外の家族連れがずいぶん目立っていた。

色づいた落葉がレンガの敷石に散って、絵にかいたような「学生時代」。

「――ヤッホー！」

元気良く手を振って、駆けて来たのはリル子である。

「やあ。来たぜ」

と、克巳が言った。

「来たからには、正実ちゃんの話を聞いて行ってね！」

「どこでやるんだ？」

「そこ、見てよ」

と、リル子が指さす方へ目をやって、圭介と克巳はびっくりした。

手製ながら、立派なポスターに、正実の写真がでかでかと貼ってあり、

〈第一線で活躍する、名刑事来《きた》る！　早川正実氏による、生々しい犯罪捜査の実態！〉

「大したもんだ」

と、圭介が苦笑して、「いいのか、こんなことしゃべって」

「ちゃんとね、上司の許可も取ってあるのよ。警察のＰＲをするいい機会だっていうんで、今日、明日、二日とも出演するの」

「スター並みだな」

「しかも、整理券配ったら、凄い人で、午前午後二回興行なの！」

克巳が笑って、

「ギャラは出るのか？」

と訊いた。

「お昼のお弁当だけね」

と、リル子は言った。「今、ちょうどお昼なの。――控室にいるわ。行きましょ」

リル子が先に立って歩き出す。

すると、克巳が、

「何だ、美香じゃないか」

と、目を丸くした。

「やっぱり来てたのね」

颯爽とやって来たのは早川美香。

「何してるんだ、こんな所で？」

「半分仕事で半分は遊びってとこ」

「半分仕事って？」

と、圭介が訊く。

「今、スナックのインテリアを一つ頼まれててね。その依頼主の娘さんが、ここの大学生」

「なるほど、熱心なことだな」

と、克巳が言った。

「正実がしゃべるんですって？　びっくりしたわよ」

「午前の部は、多少力み過ぎでしたが、終ると『ブラボー！』の声まで出てましたよ」

と、リル子は得意げに言った。

「じゃ、一つ陣中見舞といきますか」

と、美香は言った。


「どうぞ」

と、田所江美はお茶を出して、「予算が少ないんで、大したものが出せなくて申しわけありません」

「――え？」

一心に、用意されたお弁当を食べていた早川正実は、「でも、旨《うま》いですよ」

コンビニで仲村里加が買って来たお弁当である。

「せめてお寿司ぐらい出そうって言ったんですけど……」

「気をつかわないで下さい。僕らは公務員ですから」

と、正実は気さくに言った。

「そう言っていただけると……」

——正実は、控室（といっても、空いた教室）のガランとした中で、一人でお弁当を食べていた。

「いや、張り込みしてても今はコンビニとか二十四時間、開いている所があるでしょ。本当に助かりますよ。以前は何も食べるものが手に入んなくて苦労したって、先輩たちが言ってます」

実際、正実はアッという間にお弁当一つ、平《たい》らげてしまった。

「もう一つ、いります？」

と、江美は思わず訊いてしまった。

「いや、結構です」

と、正実はお茶を飲んで、「これ以上お腹《なか》が一杯になると、午後話をするとき、眠っちまいそうで」

「まあ」

と、江美は笑った。「でも——大変ですね。二日間も、それも二回ずつなんて！　本当に図々《ずうずう》しいお願いをして」

「いえ、少しでもリル子の役に立てば、それで嬉しいんです」

と、正実は言った。

「リル子さん、幸せだわ」

「はあ……」

正実が少し照れていると、

「正実ちゃん！」

と、当のリル子が戸を開けた。「もうお昼は食べたの？」

「うん。今、お茶をいただいてるとこだよ」

「田所さん、ありがとうございます」

「どういたしまして」

と、江美は笑って、「後はお二人で、午後の出番まで時間がありますから、見物なさっていて下さい」

「みんな来てくれてるのよ」

「みんな？」

――早川圭介が顔を出し、

「よ。講師先生！」

「圭介兄さん。あれ、姉さんも？」

「見逃せないわよ、正実がどんな顔して人前でしゃべってるのか」

「僕の兄と姉です」

と、正実は田所江美に紹介した。

「早川圭介です。これは妹の美香」

「わざわざどうも」

と、江美は頭を下げた。

「――もう一人いるんだけど。克巳兄さんは？」

「そこまで一緒だったのよ」

と、美香は言った。「風来坊《ふうらいぼう》だから、どこか寄り道してるんだわ、きっと」

「ちゃんと話せたかい？」

と、圭介が訊く。

「何なら聞いて行ってよ。結構、僕にはこういう才能がありそうだ」

「本当に、とても面白いお話で」

と、江美が言った。「今日の評判を聞いて、きっと明日はもっと人が入るわ」

亭主をほめられて、リル子もニコニコしている。

そして、ふと戸口の方へ目をやって、

「何だ！　いつ来たの？」

と、駆けて行くと、「克巳兄さんです」

「どうも……。正実の奴がお世話になって」

と、克巳は言った。

「いえ……」

江美は、一瞬青ざめたが、「こちらこそ。私——三年生の田所江美といいます」

と、ていねいに頭を下げた。

そこへ、仲村里加が顔を出して、

「ちょっと！　——あ、ごめんなさい」

と、控室に大勢人がいるのでびっくりしている。

「どうしたの？」

と、江美は訊いた。

「あの――早川さんのサインが欲しいって女の子たちが来てるの」

「タレントじゃないのよ。ご迷惑だわ」

と、江美が言うと、

「でも、これが警察への信頼回復に役立つのなら」

と、正実は立ち上って、「サインでも何でもします」

このところ、警察幹部の不祥事が続いているので、正実は一人、嘆いていたのである。

「ありがとう！　じゃ、よろしく」

と、仲村里加が喜んで、「みんな、ＯＫよ！」

と声をかけると――。

「キャーッ！」

という黄色い声と共に、三十人以上の女子学生が控室になだれ込んで来たのである……。

「――どうせ時間あるし、演劇部の公演を見て行かない？」

と、美香が言った。「依頼主の娘さん、演劇部の制作スタッフなの」

「僕は構わないけど――兄さん、どうする？」

キャンパスの中を歩きながら、克巳、圭介、美香の三人は、それぞれに考え込んでいた。

「――俺はどうするかな」

と、克巳は肩をすくめて、「もう少しぶらついて、気が向いたら覗くよ」

「じゃ、もし見てたら、終ってから出口の辺りで」

「分った」

克巳は、公演の行われる講堂の方へと圭介と美香が行ってしまうと、振り返って、

「そう離れてついて来るなよ」

と言った。

田所江美は、木立ちのかげから姿を見せて、

「――早川克巳っていうのね」

「うん」

「弟さんが刑事？　これって何かのジョーク？」

「たまたまさ」

江美はちょっと笑って、

「面白いご家庭なのね」

本当にどれだけ「面白い」か、江美には想像もつくまい、と克巳は思った。

「――驚いたわ、あなたを見たとき」

と、江美は言った。

「意外な所で会う、と言ったろ？」

「それにしたって……」

江美は、ちょっと周囲へ目をやって、「私を殺しに来たの？」

「弟の晴れの舞台を邪魔するもんか。——殺すなら、とっくにやってる」

「そうね。でも……」

「何だい？」

「映画じゃ、クールな殺し屋が情をかけると、たいてい死ぬわ」

「映画ならね。これは現実だ」

「映画よりエキサイティングね」

「昔から言う。事実は小説より奇なり、だ」

二人は、歩き出しながら、

「——中を案内してくれないか」

「ええ。どこが見たい？」

「人気《ひとけ》のない所」

江美が克巳を見る。そして、

「それならこっちだわ」

と、向きを変えた。


「あ、元子さん！」

講堂の入口で、〈呼び込み〉をやっていた橋口淳子は、父の秘書がパンフレットを手にやって来たので、手を振った。

「まあ、何をしておいでですの？」

と、元子が訊く。

「呼び込みよ。少しでも客が多いと、演じる方も力が入るもの」

「お手伝いしましょうか」

「やめてよ！」

と、淳子は笑って、「今は元子さんはお客様。ちゃんと見てってね」

「はい、かしこまりました」

「お父さんの代りだ。——どうせ来やしないよね。でも、気が付くと捜してるの」

と、淳子は少し寂しげに言った。

「もしかするとおいでになるかもしれませんよ」

「当てにしないで待ってるわ」

と、淳子は言って、「さっき、大月さんは彼女同伴で来たわ。まだ時間が早かったんで、まだどこか見て歩いてると思う」

「私も、喉がかわいたので、何か一杯いただいて来ます。開演十五分前には必ず戻りますわ」

「よろしく。元子さんなら間違いない」

「それじゃ、頑張って下さい」

元子が講堂を離れると、

「三橋さんじゃありません？」

「え？」

「私、橋口社長から仕事を頼まれている早川美香です」

「ああ、インテリアの！　一度、打ち合せにみえましたね」

「はい。三橋さん、どうしてここへ？」

「社長さんのお嬢様がこちらの大学で」

「まあ、そうですか！　私の弟の奥さんがやっぱりここへ通っていますの」

美香は、もちろん元子と話している淳子のことも、遠くから見ていたのである。

「あなたもぜひ演劇を見て上げて下さいな」

と、元子が言った。

スポットライト

足音が一つ、行き過ぎた。

「——こんな所、誰も来ないと思ったわ」

と、江美は言った。

「向うもそう思ってたさ」

克巳は体を起した。

〈理事長室〉のソファで、二人は抱き合っていた。——今日はこの棟そのものが閉っている。

「行っちゃったわ。大丈夫よ」

と、江美が言った。

「ああ……」

克巳は、江美にキスすると、「ちょっと気になる」

と、ソファから起き上り、ドアまで行くと、細く開けて覗いた。

「誰だった？」

「見えない。もう行っちまったな」

克巳はソファに戻った。

「信じられないわ」

と、江美が笑って、「私、プロの殺し屋に抱かれてる」

「殺し屋だって人間だ」

克巳は江美の髪をそっと指に絡《から》ませた。

「このまま……どこかへ連れてってほしい」

「君には君の役目があるだろ。僕も、弟の晴れ姿を見ないと」

「家族を大事にするのね」

「こういう商売だと特にね」

克巳は、腕時計を見た。「演劇の公演があると言ってたな」

「確か一時よ。見るの？」

「覗いてみよう」

「付合うわ。待っててね」

江美は髪と服をきちんと直して、「じゃ、行きましょ」

「うん」

克巳が気にしていたのは、「音」だった。

さっきこの前を通った足音は、男のもののようだったが、そのとき、一緒に何か別の音が聞こえた。

金属が触れ合うような……。

その音は、克巳に鋭いナイフを連想させたのである。


「大月さん、間に合った!」

と、淳子が講堂の入口で手を振る。

「すみません! 迷子になってて」

大月が、彼女を連れて駆けて来る。

「大丈夫。まだ五分あるわよ」

「良かった、間に合って。——じゃ、拝見します」

「面白いわよ!」

と、淳子は二人の後ろ姿へ呼びかけた。「居眠りしないでね!」

するとーー。

「誰が居眠りするって？」

「ーーお父さん！　来てくれたの？」

「ちゃんと客を連れて来たぞ」

父、橋口竜也の後からやって来たのは、妻の素代。

「お母さんも。ーー嬉しい！　ありがとう！」

「お前の客引きがどの程度の腕か見てやろうと思ってな」

「そりゃ、私がニッコリ笑えば、男の子がドッと寄って来るわよ」

と、淳子は言った。「あと三、四分よ。入って。右手の方へ回れば、まだ席がある」

「分った」

「私、案内するわ」

淳子は他の子へ、「入口、ちょっとお願い！」

と声をかけて、両親を、

「こっち、こっち」

と、手招きした。

そして案内係の子に、

「うちの両親なの。席、連れてって」

と、頼んだ。

橋口と素代は、案内された席に落ちつくと、

「——来て良かったわ」

「うん、そうだな」

「あんなに喜んで……。久しぶりね、あの子の嬉しそうな顔を見るの」

「あいつ、舞台に出ればいいのに。主役だっておかしくない」

夫の口ぶりに素代は笑って、

「あの子は、ああいうことが好きなのよ。ああいう仕事をする人も、いなきゃ困るでしょ」

「それはそうだが……」

場内は、淳子の魅力のせいか（?）、ほぼ満席。

「間もなく開演です。お早めに席にお着き下さい」

と、アナウンスが流れる。「なお、ポケットベル、携帯電話をお持ちの方は、スイッチをお切り下さい」

「そうだわ」

「そうか」

夫婦で携帯電話を取り出して、電源を切ると、何となく顔を見合せて笑った。

お互い、普段、娘に構《かま》ってやれないのが後ろめたくて、急にやって来たのだったが、こんな風に自然に笑ったのは、ずいぶん久しぶりだったような気がする。

「――社長！」

と、三橋元子が二人を見付けてやって来た。

「やあ、来てたのか」

「奥様も……」

「いつもご苦労様」

と、素代は会釈《えしやく》した。

「社長、あの――ちょっとよろしいでしょうか」

と、元子は言った。

「何だ？　もう始まる。終った後にしてくれ」

「かしこまりました」

元子はロビーへ出た。

「あ、元子さん」

と、淳子が手を振った。

「淳子さん、社長が――」

「うん、お母さんまで来た！　びっくりしちゃった」

淳子は嬉しそうだ。

「大月さんは入りました？」

「うん、ちょっと前に」

「そうですか……」

「元子さんも入って。見てってくれるでしょ？」

「もちろんですわ」

元子は、ホールの中へ入ると、座らずに壁にもたれて立った。

「仕方ないわ……」

今さら、どうすることもできない。

元子はいつの間にか額に汗がにじみ出ているのに気付いて、そっとハンカチを出し、汗を軽く叩いて取った。

照明が落ち、場内が静かになった。

幕が上って、劇は始まったのである。

「ご苦労さん」

と、先輩がやって来た。「もう中へ入ってていいわよ」

「はい」

淳子は、そう言われて初めて自分が汗をかいているのに気付いた。

もう、劇は始まっている。もちろん見ておきたいが、今は顔を洗いたかった。

劇は明日もある。――それに、淳子は上機嫌だった。

父と母が揃って来てくれたことは、淳子を喜ばせた。

考えてみれば当然のことなのかもしれないが……。

トイレへ入り、冷たい水で顔を洗うと、深呼吸した。

長い準備の後、本番はアッという間に終ってしまう。でも、それでいいのだ。

「どうしよう……」

上演中に扉を開けて入って行くのは気がひけた。舞台からも見えるし、気になるものである。

そう。――裏へ回って、袖《そで》から見ていよう。

何か手伝うことがあるかもしれない。

ペーパータオルで手を拭《ふ》くと、淳子は化粧室を出た。

「あ、ごめんなさい！」

隣の男子トイレからちょうど出て来た人とぶつかりそうになってしまったのだ。

相手の方がギクリとした様子で、鋭い目つきで淳子を見た。

そして、足早にロビーの方へ行ってしまった。

「何、あの人？」

淳子は首をかしげた。

どう見ても、ここの学生の親とは思えない。それに、せいぜい三十代の半ばくらいだろう。

どこか危い雰囲気を感じさせた。

もちろん、文化祭には一般の客も入っていいわけだが、実際には、この学校に子供でも通っていなければ、まず訪れることはなかった。

ま、いいや。

淳子は楽屋へ通じる扉を開けて、入って行った……。

幕が下りると、場内は熱い拍手に包まれた。

感激屋の正実は涙ぐんでいる。——愛妻リル子と並んで座っていたのである。

カーテンコール。

演じた学生の方も、汗と涙で顔を光らせている。

「ね、出ましょう」

と、リル子が正実に言った。

「もっと拍手してあげようよ」

「でも、午後の話の準備があるわ」

「あ、忘れてた」

「呑気ねえ」

と、リル子は笑って、「さ、行こう」

「うん、それじゃ……」

正実は多少心残りな様子ではあったが、席を立った。

その間も、会場は拍手で埋め尽くされていた。

「——あら、克巳兄さん」

ロビーへ出ると、克巳がぶらついているのに出会う。

「見てなかったの？　凄く良かったよ」

と、正実が言った。

「ちゃんと見てたよ。幕が下りると同時に出て来たんだ」

「午後の用意があるから」

「ああ。聞かせてもらうよ」

と、克巳は言った。

「じゃ、後でね」

と、リル子が手を振って、正実と出て行こうとしたときだった。

扉が開いて、若い女が転《ころ》びそうになりながら出て来た。

「誰か！　――助けて！」

克巳は、女の手がべっとりと赤く汚れているのを見た。

「どうしました？」

と、女の腕をつかんで、「しっかりして！　どうしたんです！」

「連れが……大月君が……動かないんです。眠ってるんだとばっかり……。終って、起そうとしたら……体が前に倒れて来て、背中が血で――」

「正実！」

「兄さん、どういうことなんだ？」

「誰かが刺したんだ。リル子ちゃん、大至急救急車を呼んでもらって！」

「分ったわ！」

「兄さん――」

「客が出て来る。今さら止められない」

と、克巳が言うより早く、扉が開くと、中の客がドッと出て来て、ロビーはたちまち人で一杯になってしまった。

「今は仕方ない。パニックになったら、けが人が出るかもしれない」

と、克巳は言った。「ともかく中へ入ろう。――席はどこです？」

次々に人が出て来る。

克巳は、正実と二人、やっと空《す》いて来た客席へ入ると、すぐにその場所が分った。

「おい、どうしたんだ？」

と、圭介と美香がやって来る。

「――殺人だ」

と、克巳はぐったりと座席に沈み込んだ、その男の体を起して言った。「背中を一突き。

後ろの席に犯人は座ってたんだろうな」

「何だって？」

圭介が唖然としている。

「——どうかしましたか？」

と、女子学生がやって来た。「ご気分でも？」

美香が振り向いて、

「あなた、橋口社長のお嬢さんね」

「ええ、そうです」

「この人を知ってる？」

淳子はその男の顔を覗いて、

「大月さんだわ」

「知ってる人ですね」

「父の社の社員です。——大月さん、どうしたんですか？」

そこへ、リル子が戻って来た。

「今、救急車が来るわ」

「手遅れだ」

克巳は大月の首筋へ指を当てて、「もう死んでる」

「え？」

淳子が目を丸くして、「どうして？」

「刺し殺されたんだ。——正実、この学校の先生に話をして、一旦《いったん》ここを閉めてもらうんだ」

淳子が啞然として立ちすくむ。

「本物の殺人なんて」

と、正実が呟いた。

目撃証言

事件のことを聞いた原島信子と仲村里加の二人の反応は、恐ろしいほどにありきたりのものだった。

「うそ」

と、ひと言。「——本当に？」

と、もうひと言。

「本当の話よ」

と、田所江美は言った。「今、大学の裏門の方にパトカーが着いたところ」

「じゃあ……どうするの、早川さんの話？」

と、里加が言った。

「それどころじゃないでしょ」

と、原島信子は額に手を当てて、「ね、中止のお知らせを貼ろう」

だが、そこへ、

「お待たせしました」

と、リル子がやって来たのである。「あと十分もしたら、正実ちゃんが来ますから」

「だって――大丈夫なの？」

と、里加が訊いた。

「ええ。今はあまり事件のことを知られないようにしたいということで。予定通り、正実ちゃん、お話しします」

里加は感激した様子で、

「ありがとう！」

と、リル子の手を握った。「あなたの可愛い『正実ちゃん』に、私の代りにキスしてあげて」

「私のだけで手一杯ですから」

と、リル子が大真面目に言った。

江美は、静かに廊下へ出た。

少し離れて、目立たない角に早川克巳が立っている。

「いいのか、放っといて」

「私の役目は正実さんのお世話」

と、江美は言った。「――でも、どうしてこんな大学の中で殺人が？」

「人が何人も集まれば、殺意が生れておかしくないさ」

と、克巳は言った。

「あなたがやったんじゃないわね」

「いくら天才的な殺し屋でも、あんな離れた席の人間を刺せるもんか」

克巳はちょっと笑って、「しかし、さっき聞いた足音は、犯人のだったかもしれない」

「どうしてそんなことが分るの？」

「刃物らしい音が聞こえた。ナイフの刃を出してたたむときの金属音だ。それに、あんな場所を歩いていたのには何か理由がある」

「理由って？」

「もし、あの講堂で犯行を見られて騒ぎになったとき、どう逃げるか。その逃げ道を捜していたのかもしれない」

「そんなことが分るの？」

「分るとも。俺でも同じことをするだろうからな」

と、克巳は言った。「しかし、講堂の中に、被害者の勤め先の社長と秘書がいた。――

これは偶然じゃあるまい」

「娘さんが演劇部にいるとか……」

「二年生で、入口で客を集めてたのがそうだ」

「でも、見当つかないわ。それで何が分るの？」

克巳は微笑んで、

「それを考えるのは、正実たちの仕事さ」

と言った。「君はクラブの用があるんだろう。また連絡するよ」

行きかける克巳へ、江美は追いすがって、

「いやよ！　行くのなら、次の約束をしてから行って」

じっと見つめる江美の目を受け止めて、

「分った。じゃ、明日の夜、会おう」

「いいわ」

「何時に終る？」

「七時には、たぶん」

「七時半に、裏門へ迎えに来る」

「きっとよ！」

と言って、江美は克巳に抱きついてキスすると、「――約束は守ってね」

「ああ。もし現われなかったら、死んだと思ってくれ」

と、克巳は言って、指先で江美の頰に触れると、足早に立ち去った……。

「――どういうことだ」

と、橋口は言った。「まさか、こんな所で……」

「社長がおみえになるとは思っていませんでした」

と、三橋元子は言った。「分ったときにはもう手の打ちようがありませんでした」

「そうか……。ツイてなかったな」

橋口は小声で言って、「女房が待ってる。――明日、改めて話そう」

「はい」

元子はちょっと頭を下げて、「申しわけありませんでした」

「いや……」

橋口は、ロビーの妻の方へと戻って行った。

「――元子さん」

と、淳子がやって来た。

「淳子さん。とんでもないことになりましたね」

「私、大月さんに、今日絶対に来いって言っちゃった。——今日、来てなければ、こんなことに……」

「それはどうでしょうか」

と、元子は穏やかに、「犯人は、大月君を個人的に狙ってたんでしょう。無差別の通り魔にしては、こんな場所を選ぶのは妙ですわ」

「うん……」

「たまたま、今日大月君がここへ来ただけです。淳子さんのせいじゃありません」

「ありがとう」

淳子は肯いて、「でもね、私、思い出したの」

「何をですか？」

「私、ちょうど入口の役から外れて、顔を洗いに——」

と言いかけたとき、

「淳子！」

と、母、素代が呼んだ。

「はい。——お母さん、どうしたの？」

「どうしたの、じゃないわよ」

と、素代は小走りにやって来て、「こんな怖い所にいちゃだめよ！　一緒に帰りましょう」

「帰れないよ！　私、演劇部員だよ」

と、淳子は言った。「二人で先に帰って。ちゃんと警察の人に話さなきゃ」

「そんなこと、放っときなさい！　もし殺人犯がまだこの近くにいたらどうするの！」

素代はほとんどヒステリー一歩手前。

「奥様」

と、元子は言った。「淳子さんの立場もあります。私、ちゃんとおそばについていますから」

「でも……」

「大丈夫です。ちゃんとお宅へお送りします。それまでは決して離れませんから」

元子がそう誓って、素代も渋々夫と先に帰ることにした。

「――お待ち下さい」

と、橋口夫婦を、正実が呼び止めた。「被害者の大月さんのことなど、いくつかおうかがいしたいんですが」

「その点は私が」

と、元子が言った。「社長の奥様がかなりナーバスになっておられます。帰してさし上げて下さい」

「分りました」

正実は肯いて、「では、現場の方へ来て下さい」

「かしこまりました」

元子と淳子が客席の中へ入る。

――現場がライトで明るく照らされ、大勢の人が動いている。

「被害者のことを詳しく」

と、正実が訊いた。

データ的な事なら、元子はほとんどそらで述べることができる。

しかし、殺人の動機となると、

「社内で特に問題があったとは聞いていません」

と言った。

「そうですか」

正実は同僚の広川を呼んで、「悪いけど、頼む。僕は午後の話があるんだ」

「律儀だな」

と、広川は言った。「分った。後は任せろ」

そのとき、淳子が、

「私、見たんです」

と言った。

「見たって？」

行きかけた正実が振り向いて、

「怪しい男の人。――私が女子トイレから出て来ると、男子トイレから出て来て、ぶつかりそうになったんです。そのとき、ギクッとした様子で、凄く怖い目をして私をにらんで出て行きました」

正実と広川は顔を見合せた。

「――それはいつごろ？」

「劇が始まって、まだそんなにたっていないときです。劇を見ていた人なら、こんなに早く出て行くのは変だな、と思ったんです」

広川が考え込んで、

「一緒にいた女性の話だと、始まって少したったときから、もう眠っているようだったと

「……」

正実は肯いて、

「可能性はあるな。——どんな男か、憶《おぼ》えてる？」

「大体のところは」

と、淳子が力強く肯いて、「特に顔は間近で見ましたから」

「よし、モンタージュ写真を作ろう」

と、広川が張り切っている。

正実が現場を後にすると、広川が淳子から詳しい話を聞き始めた。

聞いている元子の表情が、徐々に固くこわばって行った……。


「えらいことになったな」

と、圭介が言った。

妹の美香と二人、大学のグラウンドに臨時に作られた駐車場へやって来たところである。

「何が起るか分らないから、面白いんじゃない、人生なんて」

と、美香は言った。

「殺人事件まで起らなくてもいい」

と、圭介は苦笑した。「兄さん、どうしたのかな」

「放っとけばいいわよ、あの人は」

と言った美香だったが、「――呆れた」

圭介の車の助手席で居眠りしている克巳を見付けたのである。

「どうやって入ったんだ？」

と、圭介は首を振ってロックを外した。

「やあ、もう戻ったのか」

と、克巳は目を開けた。

「どこまで送る？」

「どこでもいい」

と、克巳は言った。

車が大学のキャンパスを出ると、

「妙な出来事ね」

と、美香は言った。

後ろの座席で、一人のんびりしている。

「お前の客なんだろ」

「うん。でもね、ふしぎな会社なの。この不景気に、社長はやたらぜいたくしてる」

「珍しくないぜ。日本の社長なんて、たいていはそうだ」

と、克巳が言った。

「でもね、つい何年か前まで倒産寸前の企業だったのよ。それが急に社長だけ大儲け。

——考えられる?」

「何か商品が当ったのか?」

と、圭介が言う。

「それなら、ふしぎでも何でもないわ。そんなこと一切なしで、しかも社員は減らして、
それでいて……」

美香は、ちょっと思わせぶりに言葉を切った。

「——何を隠してるんだ?」

と、克巳が言った。

「隠してないわ。黙ってるだけ」

「どう違うんだ」

「大違いよ。——何しろ、インテリアの大仕事があの人から来てる。うちとしては、絶対に逃したくない客なの」

圭介は、チラッとバックミラーの妹を見て、

「支払いがすんだら、しゃべるか」

「そうね。ちゃんとうちの銀行口座へ振り込まれてから。——圭介兄さん、下調べくらいしといてもいいわよ」

「僕がどうして？」

「その内、弁護を依頼して来るかも」

と言って、美香は笑った。

やれやれ……。

圭介も、察している。

どうやら、あの橋口という社長、何か秘密を抱えているらしい。そこに、美香は目をつけているのだ。

美香に言われるまでもなく、圭介は当ってみるつもりだった。

「どうだ？　二人とも、うちで晩飯、食べていかないか？」

と、圭介は言った。

遅れて来た混乱

「どうするのよ、もう！」

さっきから、同じ言葉が飛び交っていた。

しかし、それに対して何か答える者はなく、後は重苦しい沈黙が続くのだった。

演劇部の部室。

公演中に殺人事件が起ったというのでは、どうすることもできない。

当然、現場は封鎖され、警官が立っている。ということは、公演会場が使えない、ということなのだ。

明日の公演は中止せざるを得ない。

これは、今日と明日の二日間だけに賭《か》けて頑張って来た部員たちにとっては大打撃である。

「善後策を検討しよう」

と集まったものの、誰もいい考えなどあるわけもない。

講堂以外に、あの広さのステージはないし、客席を作れるほど広い場所もない。

「体育館ぐらいだよね、広さからいって」

「体育館は体育系のクラブが一日中使ってるもの、無理よ」

「そうだね……」

――再び沈黙。

一番心を痛めているのは、橋口淳子である。殺されたのが、父の社の社員。――そのことはまだごく一部の上級生しか知らないが、淳子としては責任を感じてしまう。

どうしたんだろう？　ぜひご相談したいので、と頼んでおいたのだが……。

帰っちゃったのかな。

すると、部屋のドアをノックする音。

「はい！」

淳子が立って行くと、「――早川さん」

早川正実が立っていた。

「わざわざすみません……」

「いや、遅くなっちゃって」

と、正実は言った。「話の後、色々個人的な相談とかがあって」

「何のご用かしら?」

と、正実について来た田所江美が言った。

「明日も来ていただくから、遅くまでお引き止めしたくないんですけど」

「劇の上演ができなくなって、困ってるんです」

と、淳子が言った。「何とか——明日だけ講堂を使わせてもらえないでしょうか」

正実は腕組みして、

「気持は分るけどね……。何しろ殺人事件だ。人が一人死んでる。その犯人を見付けるために、現場をできるだけ手つかずに保存しておかなきゃならない。分ってほしいんだけど」

「それはもう……。でも、あそこが使えないと、公演は中止せざるを得ません。明日、家族や友だちが見に来る部員も沢山いるんです」

「そうだね、気の毒だけど……。別の場所に移すってことは?」

「学内に、そういう場所はないんです」

「そうか……」

正実は考え込んだ。

演劇部の三年生が、

「橋口さん、あんまり無理をお願いしてもいけないわ。突発的な台風でも来たと思うしかないわよ」

「でも……」

淳子の目から涙がこぼれた。

正実は胸を打たれていた。――こういうのに弱い！

「待ってくれ」

と、正実は言った。「相談してみたい人がいる」

「それじゃ――」

「少し時間がかかるかもしれないが」

「待ってます！」

「じゃ、また来るよ」

正実は廊下へ出た。

「どうするんですか？」

と、江美が言った。「そんな無理なことを――」

「無理なことを、結構やってくれる人がいるんだ」

正実は、ちょうどやって来たリル子へ、「リル子！　お袋に連絡取ってくれないか！」

と言った。

「お義母《かあ》さんに？」

「うん、ちょっと頼みたいことがある」

「待って。――出て下さるといいけど……」

リル子はケータイのボタンを押した。「――あ、もしもし、リル子です。良かった！」

「どうしたの？」

と、早川香代子はいつもながらの大らかな口調で、「また正実が死にそうとか？」

「いえ、そうじゃないんです。今、大学の中で。今日、殺人事件が起ったんですけど」

「まあ物騒ね」

「それで、何かお義母さんにお願いしたいことがあるって、正実ちゃんが。替ります」

何のことだか、いくら香代子でも分らなかったろう。

正実は替ると、

「母さん、悪いね。仕事中だった？」

「打ち合せしてたのさ。丈吉や土方とね」

「ああ、よろしく言ってね。実は――」

警官が泥棒に「よろしく」もないものだが、正実はともかく状況を説明して、それだけで十五分かかった。リル子が説明していたら、倍はかかっただろう。

「なるほどね」

と、香代子は言った。「でも、その大学の演劇部に、あんたの恋人がいるわけじゃないんだろ?」

「僕の恋人はリル子一人だよ。他にいない」

あまりの正直さに、田所江美など、照れて背中を向けてしまった。

「——よく分ったよ」

と、香代子は言った。

「ね、何かいい方法ないかな」

「そうだね……。ちょっと専門外だから、少し時間をおくれ」

「うん、もちろん!」

「二時間待って。それまでに必ず連絡するよ」

「頼むよ!」

正実にとって、母、香代子は正に「魔法のポケット」で、何でも出て来るのである。

三橋元子は、人気のなくなった校舎の廊下で、手近にあった椅子を持って来て腰をおろしていた。

明日も文化祭が続くから、各教室はその飾りつけのままだし、居残って働いている子たちもいる。——今、四十五歳の元子にとっては、遠い昔の日々である。

しかし、授業を受けるときに座る、この固い椅子——材質は違うが——に腰をおろしただけで、学生のときに戻ったような気がする……。

「懐しいわ……」

今となっては昔のこと。——その通りだ。

「あの——」

と、一年生だろう、まだ少しあどけない感じの女の子が、小さなお盆に紙コップを一つのせて、「お寒いでしょう。コーヒーです。インスタントですけど、もしよろしければ」

「まあ、ありがとう」

元子は胸が熱くなった。

「コップは、その辺の屑《くず》入れに捨てておいて下さい」

「分ったわ。本当にありがとう」

女の子は嬉しそうに頰を染め、

「失礼します」

と、足早に行ってしまう。

――元子は、幸福な気分だった。

自分がどうしてここに座っているのか、あの女子学生は知るはずもない。それでも、何かの用で通りかかって、じっとここに座っている元子を見たのだ。

――金がすべて。何をするにも、お金に換算しないと始まらない、この世の中で、ああいう子が今でもいるのだ。

その思いが、元子を幸福にした。

かつては――昔は、元子自身も、ああして人の傷や辛さを思いやれる少女だった。

それが今は……。

考えまい。考えたところで、今さらやめるわけにいかないのだ。

一旦足を踏み入れてしまったからには。

コーヒーを飲んだ。その熱さが、胸にしみる。

携帯電話が鳴った。

「――はい」

「うまくやりましたよ」

と、男が言った。

「そうね、聞いたわ」

「いかがですか？」

「満足してるわ」

「良かった」

男はホッとしている。——女子学生と顔を合せたのを気にしていたのだろう。

「お金は、いつもの通り、コインロッカーに」

「お願いします。五割増しですね」

「ちゃんと自分の言ったことは憶えてるわ」

と、元子は言った。「鍵は明日、届けるから」

「よろしく」

と、男は言った。「それで……」

「何か？」

「いえ……。別に」

「問題でも？」

「何もありません。ええ、全く」

と、男は急いで言って、「じゃ、お待ちしてますよ」

「バイク便で届けるわ」

と、元子は言った。

通話を切ると、元子は深く息をついた。

コーヒーがまだ半分残っている。――一気に飲み干した。

同じコーヒーが、何だか苦く感じられた……。


「でも、どうやったって無理よね」

と、一人が言った。

「同じこと言わないで」

と、三年生がたしなめる。

「二時間か。――そろそろだな」

と、正実は腕時計を見て、「お袋のことだ。約束は守ると思うよ」

そう言ったとたん、部室のドアをノックする音がした。

「はい！」

リル子がドアを開けに行って、「――お義母さん！」

「遅れたかい？」

と、早川香代子が入って来る。

「ちょうど二時間だよ」

と、正実は言った。

「いけないね。人間、約束の五分前にゃ着いとくもんだ」

と、香代子は言った。「ここは何？　お通夜の席かい？」

「母さん——」

「分ってるよ。でもね、当事者のあんたたち学生さんが、『何としてもやってやる！』って気にならないと、始まらないよ」

「そうよ」

と、田所江美が肯いて、「しっかりしなきゃ！」

「でも……」

と、みんな顔を見合せる。

「逆境にあってこそ、人の工夫が生きるんですよ。明日はいいお天気らしいし、校庭に椅子を並べれば、講堂以上に人が入るんじゃない？」

「外でやるんですか？　でも、舞台が……」

「見てごらんなさい」

と、香代子は窓の方へ近寄ると、カーテンを開けた。

校庭の真中に、目をみはるほど大きなトラックが停っていた。

「あれを中に乗り入れるのに、ちょっと手間どってね」

香代子が窓辺に立って手を振ると――そのトラックの引く箱の上面と側面がゆっくりと開いて来た。

「――舞台だ」

と、誰かが言った。

パッと照明がつくと、そこには、ほとんど講堂の舞台と変らない広さのステージが現われた。

「移動舞台よ」

と、香代子が言った。「ちょっと奥行は浅いけど、必要なら床が伸びてあと二メートルぐらいは広がるはずよ。照明も他に用意すればもっと明るくなる。あの前にズラッと椅子を並べたら、相当な客が入ると思うわ」

「凄い！　野外劇場だ！」

「そう。大いに話題になるわよ」

と、香代子は得意気に言った。「さ、すぐに行ってみなさい」

「行こう！　セットを移すのよ！」

ワーッと歓声が上って、部員たちは一斉に部室から飛び出して行った。

一人、淳子が残って、

「ありがとうございました！」

と、頭を思い切り下げた。

顔を上げたとき、両の目から大粒の涙が落ちた。

「いいから、早くいらっしゃい」

「はい！」

淳子が駆け出して行く。

「——母さんは凄いや」

と、正実が言うと、

「それを言うなら——最高よ！」

と言って、リル子が香代子に飛びつくように抱きついた。

汚れた手

「少し風邪気味で」

と、三橋元子は言った。

「無理するな」

と、橋口が電話口で欠伸《あくび》している。「今日は休みだ。君も休め」

「はい。でも仕事が残っているので……」

「明日でいいじゃないか。こじらせると大変だぞ」

「はい。では――休ませていただきます」

「うん、そうしてくれ。ゆうべは遅くまで淳子のことを待っていてくれて、すまん」

「とんでもない」

元子は少し咳込《せきこ》んで、「それでは明日……」

電話を切って、元子は腕時計を見た。

デパートの、空いた売場の隅の公衆電話である。静かな所でかけないと、自宅からでないことが分ってしまう。

——そろそろだろう。

元子は、自分の手を見た。じっとりと汗がにじんでいる。

ゆうべ、演劇部の学生たちは、夜中の三時ごろまでかけて、校庭の大きなトラックにセットを組み、椅子を並べて準備をした。

淳子も興奮していて、帰りの車でも、全く眠らなかったものだ。

その代り、自宅へ帰って、お風呂へ入ったら、ベッドへ入ると同時に眠ったそうだ。

——元子の方は、ほとんど眠っていなかった。

今日の「約束」を果さなくては。

コインロッカーのキーは、一時間ほど前に、男の手もとへ届いているはずだ。すぐに取りに来るだろう。

元子は、エスカレーターを乗り継いで、地階まで下りた。

さすがに地階は混んでいる。人をかき分けて、やっと地下鉄への連絡口へ出た。

いつものコインロッカーまで、歩いて三、四分。

こっちの方が遅いということはないだろう。——元子は、足どりが重くなるのを、どうしようもなかった。いくら自分へ言い聞かせても、「これが正しいことだ」と納得できるわけがない。

でも――仕方ない。人生というものは、こんなものだ……。

運が悪かった。他に方法はないのだ。

そのコインロッカーは、地下通路の奥、少し引っ込んだ一角で、奥へ入ると、歩行者から柱のかげになって見られずにすむ。

いつもここを使っているので、問題はないはずだった。

しかし――休みの日で、人通りは多い。利用客に見られる危険はあった。

そこは運を天に任せるしかない。

運を天に？　――「天に」任せたら、罰を食らうのはこっちだろう。

死んだ大月の傍で、涙も出さず放心状態で立っていた恋人の顔が思い浮ぶ。

仕方ない。――自分で選んだ道だ。自分のためではないにせよ、こうすることで、満足して来たのだ。

コインロッカーに荷物を預けに、若者たちが五、六人騒がしくしゃべりながら入って来た。

奥にいた元子は、そのグループに押し出されるような格好で、地下通路へ出ざるを得なかった。

くなってしまった。

しかも、その若者たちは、バッグを開けて、中身を出し入れしたり、他のバッグへ移したりし始めた。女の子が、

「それはいるのよ!」

と叫んだりして、さっぱりはかどらない。

元子は苛々しながら、通路の隅に立って今にも相手が来るのではないかと忙しく左右へ目をやっていた。

――河原泰男《かわはらやすお》。それが男の名である。

それ以上のことは、元子も知らない。知る必要もない。

ともかく、ここまではうまくやって来た。

「殺し」という特殊な仕事をこなす人間として、河原は優秀な男だった。

金さえ出せば、余計なことは訊かない。欲も出さない。その代り、元子も決してケチらなかった。

妙なことだが、契約書も何もない、口約束だけの世界だ。個人的な信頼関係だけがすべてである。

その点、河原と元子は、理想的なパートナーだった。といっても、むろん、二人はお茶

さえ一緒に飲んだことがない。

三十代半ばの、ごく普通の男。

しかし、よりによって、殺しの直後の顔を、淳子に見られてしまった。

淳子の記憶は正確で、おそらくモンタージュ写真は、かなり河原に近いものができるだろう。

——運が悪かったのだ。

元子は、一向にその若者たちのグループがコインロッカーの前から立ち去らないので、焦《あせ》り始めていた……。

橋口は、妻の素代が出かける仕度をしているのを見て、

「今日はどこへ行くんだ」

と、からかい半分、声をかけた。

素代は鏡の前で髪を直し、

「淳子の所よ」

と言った。

橋口は足を止めて、

「また文化祭を見に行くのか？　昨日行ったじゃないか」

「淳子は、ゆうべ夜中まで頑張って、その野外劇場を設営して来たのよ。見てあげなきゃ！」

橋口は、一瞬返す言葉がなかった。

「私ね、昨日あの子があんなに嬉しそうにしてたのが忘れられないの。——本当は、お友だちとお昼を食べる約束があったんだけど、断ったわ」

橋口もそう言われると、

「俺だって、そんなことは分ってる」

と言い返し、「俺も行こうかと思ってたところだ」

「本当？」

「ああ、もちろんだ。三十分待て。仕度するから」

成り行きで、引込みがつかない。

しかし、急いで外出の仕度をしながら、橋口はそういやな気分ではなかった。

家族を喜ばせるという楽しみを、ずいぶん長いこと忘れていたのだ。

二十分ほどで仕度はすみ、

「じゃ、出かけるか」

と、橋口は言った。

「ええ、きっと淳子、びっくりするわ」

玄関へ出たとき、橋口の携帯電話が鳴り出した。

「ちょっと先に出てろ」

と、橋口は居間へ戻って、「――もしもし」

「お邪魔だった？」

と、いたずらっ子のような声がした。

「いや、ちょっと――出かけるところなんだ」

「一人じゃないのね？」

「ああ」

「それじゃ、おとなしく諦めるわ」

と、エミは言った。「でも今週、どこかで夕ご飯、おごって」

「いいとも。またかけてくれ」

「うん。それじゃね」

橋口はそっと息をついた。

――エミ。あのエレベーターで一緒になった十八歳の女子大生である。

十八歳。淳子より若い。それでいて「女の匂い」を漂わせた、ふしぎな娘だった。

――京田久江との仲は、素代もとっくに承知しているが、まさか女子大生の恋人がいるとは思うまい。

ガレージへ行くと、素代が待っている。

「すまん。――出かけるか」

ベンツが通りへ出ると、

「久江さんから？」

と、素代が言った。

「うん」

「淳子の前では、あんまり電話に出ないでね」

「分った」

橋口は車を運転することに集中した。

素代の方も、夫が素直に「分った」と言ってくれたことにびっくりしていた。

いつもなら、これをきっかけにケンカになるところだ。

今日は――ともかく淳子の前ではニコニコしていよう。

それぐらいのことは、まだ親として、してやれるはずだ……。

立ち去った。

「お前がグズだからだろ！」

「人のこと言うなって！」

互いにふざけてぶつかり合ったりしながら、やっと若者たちはコインロッカーの前から立ち去った。

元子はホッとして、通路を横切ろうとした。——そのとき、河原が目に入ったのである。

一瞬、元子が立ちすくんでしまったのは、河原が一人ではなかったせいだ。

河原は旅行に出るつもりなのか、ふくらんだボストンバッグをさげていた。そして、傍には、二歳ぐらいの女の子の手を引いた二十七、八の女性がいたのである。

元子は思わずまた通路の隅へ戻ってしまった。

河原に妻子がいることなど、全く知らなかったし、想像もしていなかった。

河原も、元子には気付いていない。

妻に、待っていろ、と言ったようだった。行き来する人の流れの中に、若い妻と小さな子供は取り残されるように立っていた。

河原はコインロッカーのキーを取り出して、ナンバーを見ると、棚の間を入って行った。

元子は我に返った。

放ってはおけない。今、やらなければ。

元子はコートのポケットの中で、小型の拳銃を握りしめていた。

奥へ入って行くと、河原がちょうどロッカーを開けて、当惑顔で立っていた。

元子の顔を見ると、

「やあ」

と、ホッとした表情になって、「空なんでびっくりしましたよ」

「あれは奥さん？」

「え？　――ええ、まあね」

と、少し照れたように、「家族で旅行にと思って」

「そう」

元子は肯いて、「ごめんなさい」

と言った。

「何です？」

「ごめんなさいね」

元子は拳銃を抜いて、河原の体へ押し当て、引金を引いた。

河原が目を見開き、

「——どうしてだ！」

と言った。「どうしてだ！」

血がふき出す。——河原はよろけて、凄《すさ》まじい叫び声を上げた。

それは元子の全く予想もしていないことだった。撃てば黙って倒れるものだと思っていたのだ。

二発目を撃つ余裕はなかった。

河原が叫び声を上げながら、通路へ出て行く。

「あなた！」

妻の声が耳に入った。

元子は、その場から走って逃げた。

本当なら、相手が死んだのを確かめるべきだろうが、そんな勇気はなかった。

拳銃を握りしめた手をコートのポケットへ突っ込んで、人ごみの中を夢中で歩き続けていた……。

野外劇場は大当りだった。

気候が良く、風もなくて暖かかったせいもあって、立ち見も出るほど。

といっても、校庭にしつらえてあるのだから、通る人はみんな足を止める。

「——大成功だね」

正実は、客に詰めて座ってもらうために駆け回っている淳子を見付けて、声をかけた。

「早川さん！　本当にありがとう」

「いや、よく頑張ったね」

と、正実は言った。

「ええ、みんな大張切りで。ロングランしようか、なんて言ってるくらい」

と、淳子は笑って言った。

「ちょっと！　大変よ！」

と、演劇部の部員が駆けて来る。

「どうしたの？　何か事件？」

と、淳子が青くなる。

「事件と言えば事件。あのね、今日、もう一回やるって」

「ええ！　今から一回ふやすの？」

「今、先輩が放送部へ走ってった。アナウンスしてもらうって」

「凄い！　じゃ、貼紙《はりがみ》も——」

「今、一年生が必死で作ってる。淳子はお客さんの方ね」

「任せといて！」

淳子は、正実の方へ、「そういうわけで！　それじゃ！」

「ね、君！」

と、正実が呼び止めた。

「はい！」

「あそこで手を振ってるの、ご両親じゃないか？」

「え？」

淳子は、両親がやって来るのを見て唖然とした。「どうしたの、二人とも？」

「野外劇場ってのを見に来たのよ」

と、素代が言った。

「なかなか大したもんだ」

「二人とも――ちゃんと詰めて座ってね！」

酔い潰《つぶ》れた男

「おい！　もう一杯くれ！」

と、男はろれつの回らなくなった口調で怒鳴った。

「ちょっと、いい加減にしとけば？」

と、バーのママが言うと、

「客が酒をよこせと言ってるのに、出さねえってのか！　それでもここはバーなのか！」

と、男は喚《わめ》いた。

「はいはい。——じゃ、勝手に飲んで死んでちょうだい。でも、ちゃんと今月分を払ってからにしてね」

「何だと！　今まで俺が払わなかったことがあるか！」

と、男は絡み出した。「言ってみろ！　俺が……払わなかった……何、とか、倒、した、ことがあるか？　何て言うんだっけ？」

「それを言うなら、『踏み倒した』だろ」

と、隣の客が言った。

「そうだ！　あんた、よく知ってるね！　国語の先生？」

「そういうわけじゃないがね」

と、その小太りな男は笑って、「この一杯はおごらしてくれ」

「そりゃどうも！　悪いね！」

「いやいや」

しかし、「この一杯」が仕上げの一杯になって、男は完全に酔い潰れて、カウンターに突っ伏し、眠ってしまった。

「いつもこうなの。放っといて下さい」

と、バーのママが苦笑した。

「いや、俺がおごったのが悪い。家まで連れてくよ。どこだか知ってるかい？」

と、おごった男が支払いをすませる。

「ここからそう遠くないですけどね。——いいんですか？」

「ああ。どうせタクシーを拾って帰る。二人で乗っても同じだ」

「すみませんね。——いらっしゃい」

小さな店だ。入って来た男二人は、

「客じゃない。そいつに用だ」

と言うと、酔い潰れている男を見て、「こいつの払いは？」

「こちらのお客さんが……」

「本間の知り合いか？」

いやな目つきだった。

「名前も知らないよ」

「たまたまご一緒になっただけですよ」

と、バーのママが言った。

「じゃ、文句ないな。――おい、かついでけ」

一人はプロレスラーかと思うような大男で、がっしりした体格をしている。

酔い潰れている本間を、ひょいと肩にかついで、店を出て行った。

「――感じの悪い人たちね」

「あの本間とかいう客、何をしてるんだ？」

「さあ……。前からちょくちょく来てたんですけどね。この半年ばかり、ほとんど毎晩、ああして潰れるまで飲むの。――ろくに働いてないらしいんだけど、ちゃんと毎月月末には払ってくれるから、文句も言えないし……」

「どう見ても、まともじゃないぜ、今の二人。——ごちそうさん」

「どうも。またいらしてね」

バーを出ると、小太りな男——早川香代子の忠実な子分の、土方章一《しよういち》は、携帯電話を取り出してかけながら歩き出した。

「——もしもし、ボス。土方です」

「ご苦労さん。どこだい？」

「バーで本間を見付けたんですが、連れ出す前に、柄の悪い二人組が来て、連れてっちまいました」

「そう。無理をしないで」

「一応、そいつらの後を尾《つ》けてますが。——いけねえ、車に乗せた」

あの二人組が、待っていた車へ本間を運び込むと、素早く闇《やみ》の中へと走り去る。

「タクシーも来ないや。——すみません」

「仕方ないよ。戻っといで」

「へい」

土方は、ため息をついた。

――ま、自分も泥棒の身で、あの二人を「柄の悪い」なんて言うのは妙かもしれない。

しかし、あの二人組には、香代子が決して認めないもの――暴力の匂いがしていた……。


土方が、ワゴン車の扉を軽く叩いた。

すぐに中から扉が開いて、

「乗って」

と、香代子が言った。

「すみません。見失って」

「気にしなくてもいいよ。ちょうどいい所へ戻った」

「といいますと？」

「見てごらん」

香代子と、子分の小判丈吉がＴＶの画面を眺めている。

「あれだ」

と、土方は画面に映っている車を見て、

「本間を乗せてった車ですよ」

「そうだろうね。今、男二人がかりで、本間らしいのを、例の抜け穴へ運び込んでったよ」

「じゃ、あの空地にカメラを仕掛けたんですか」

「ふしぎだな」

と、小判丈吉が首をかしげた。「たかが酔っ払いを家へ運ぶのに、どうしてあんな抜け穴を通らなきゃいけないんだ？」

「――見てごらん」

と、香代子が言った。

二人の男が、抜け穴から出て来る。

「急いでますね」

と、土方が言うと、

「急いでるんじゃない。落ちつかないのさ」

と、香代子が訂正した。「辺りをいやにていねいに見て回ってるだろ。急いでるのなら、もっと手早くやるよ」

「なるほど」

と、土方は肯いて、「落ちつかない……。不安ってことですね」

「何か不安になるようなことを、やって来たってことだよ」

土方が眉をひそめ、

「あの二人、少々のことで不安になるような可愛い奴じゃありませんよ。荒っぽいことにも相当慣れていると思いますが……」

土方と丈吉が顔を見合せる。

「ボス、もしかすると——」

「一一九番しておやり」

と、香代子が言った。「私たちが助けてやるわけにいかないけど、今なら間に合うかもしれない」

「分りました」

土方が車の中の電話を取った。「抜け穴のことも教えることになりますが」

「人の命にゃ換えられないよ。あの入口を教えておやり」

——十分後、空地へ救急車がやって来た。

そして救急隊員は、大きな立て札に、〈ここが入口〉と書かれて、下向きの矢印が抜け穴の入口を指しているのを見て、目を丸くしたのだった……。

「——ワイン、もう少しもらっていい？」

と、エミが言った。

「ああ。しかし、俺はもういいな。飲みたかったら、グラスで取れ」

「うん。それじゃ——すみません」

と、ウエイターを呼んで、「グラスで赤を一杯」

と注文する。

橋口は、屈託なく、少しも気後《きおく》れせずに自分で好きなものを注文するこの十八歳の少女を、まぶしいような思いで眺めていた。

「本当は違法ね」

と、エミが言った。「未成年なのに」

「それにしちゃ強いな」

実際、二人でフルボトル一本、空《あ》けてしまっているのだ。

「中学生ごろから飲んでるもの」

今野《こんの》エミ。——初めは「大学四年生」だと言っていた。

「実は十八なの」

と打ち明けたのは、ベッドを二、三回共にしてからのことだ。

橋口もさすがに「まずい」と思った。

これがもし久江にばれたら、とんでもない修羅場《しゅらば》になることは目に見えている。

しかし、そのときにはもう、久江に求めるべくもない若々しいエミの体から、離れられなくなっていた。

十八と言われても、二十二と言われても、それなりに納得してしまう、ふしぎなところが、エミにはあった。

「今夜は泊ってもいいの?」

と、エミが言った。

帰るつもりだった。――あの文化祭以来、橋口は「家族サービス」の楽しさに目覚めたのだ。

しかし、ワインが入り、目の前に、無邪気と言いたいくらいに明るいエミの笑顔を見ていると、このまま帰りたくないという気になって来る。

「――俺は遅くなっても帰らなきゃいけないんだ。明日の朝、早い」

「なんだ」

「しかし――ホテルを取ろう。君は泊っていけ」

「そんなの、つまんない」

「いいじゃないか」

「私のこと、何だと思ってるの？」

と、エミは口を尖らして、「お金目当ての馬鹿な女子大生？」

「そうじゃないよ」

「私、あなたと寝るのも好きよ。でも、その後に、あなたの胸に頭をのせて抱かれて眠るのが一番好き。それができないのなら、今夜は帰るわ」

その言葉は橋口のような年齢の男には感動的なものだった。

金目当てでなく、本当に自分を慕ってくれている。——たとえ幻想でも、そう信じたい思いはいつもある。

「分った。そう言ってくれると嬉しいよ。俺も泊ろう」

「いいの」

と、エミは首を振った。

「構わないんだよ」

「無理しないで。無理すれば、必ず奥さんにも分るわ。今度、時間のあるときに誘って」

エミは、少しも恨みがましくない。そう言って、グラスで来たワインをぐっと一気に飲み干すと、

「おいしい」

と、ニッコリ笑う。

橋口は、目の前の少女にすっかりひきつけられている自分に気付かないわけにいかなかった。

そのとき、レストランに入って来た女性が二人のテーブルの傍《そば》で足を止めた。

「橋口さん」

びっくりして顔を上げると、

「早川美香です。インテリアの」

「――ああ、どうも」

「先日はどうも」

文化祭であの事件があったときに、彼女もいたということを思い出したのは、美香が奥のテーブルへ行ってからだった。

「きれいな人」

と、エミが言った。「あの人も恋人？」

「違うよ。インテリアのことで相談にのってもらってる」

「そう？　――ま、信じとくわ」

と、エミは笑って言った。

——橋口は冷汗をかいた。

早川美香のテーブルには、友人らしい女性が加わって、二人で食事を取っていた。デザートを食べ、

「ちょっと化粧室に」

と、エミはバッグを手に立つと、「ミルクティー、頼んどいて」

「分った」

橋口がホッと息をついていると——不意に早川美香が向いの椅子に座った。

「君……」

「橋口さん。余計なことかもしれませんけど、お気を付けて」

「何のことだね？」

「京田久江さんが、今日私のオフィスへみえて、打ち合せのはずだったんですが、ひどく苛々されていました。そして、『あの人、他に女ができたみたいなの』とおっしゃって」

「久江が？」

「『今、調べさせてるの。絶対に尻尾《しっぽ》をつかんでやるわ』とも」

「——そうか」

「どうぞお気を付けて。カッとなりやすい方でしょう、久江さんは」

「うん……。そうだな」

「私も、せっかくの仕事がむだになるのもいやですし。——ともかくご用心を」

「分った。ありがとう」

「差し出がましい口をきいて申しわけありません」

「いや、知らせてくれて助かったよ」

「では、お邪魔しました」

と、美香は立ち上って、「彼女、ミルクティーと言ってましたよ」

「そうか！　忘れてた」

美香はちょっと微笑んで自分のテーブルへ戻って行った。

橋口は、そっとレストランの中を見回した。

久江のことだ。人を雇って調べさせるぐらいのことはやるだろう。

レストランの外で、カメラを手に待っている探偵がいるかもしれない。

橋口は、しかし、この先久江と続けていく気を失《な》くしている自分に気付いていたのだった……。

誤算

橋口淳子が目を覚ましたのは、もう午後一時を回っていた。

――充実感があった。

もちろん、疲れは残っていたし、昨日も夜中までかかった後片付けで、体のあちこちが痛かったが、それも快い痛みだった。

演劇の公演は大成功だった。

特に、当日に公演を一回追加するなんて、

「演劇部、始まって以来」

と、先輩たちも興奮していた。

初日の公演で殺人事件が起きたときは、どうなるかと思ったけれど――。

それを逆手に取って、野外公演をやることで大成功に導いた。あの、早川正実という刑事の母親が手配してくれたのだ。

淳子にとって、昨日の成功は、単にクラブ活動の上での成果というだけじゃない。絶望的とも思える状況でも、決して諦めないこと。その強い意志と信念が、道を拓《ひら》くということを、知ったのである。

「あーあ……」

今日は代休。――淳子はゆうべ母、素代に、

「明日は自然に目を覚ますまで起さないでね！」

と、念を押した。

「最高の気分！」

と、ベッドに起き上って思い切り伸びをする。

顔を洗おうかとベッドを出ると、勉強机の電話が鳴った。

「――はい。お母さん？　今日は起さないでって言ったじゃない。ちょうど起きたとこだったけどさ」

と、淳子は言ったが――。

「だけどね、お客様がみえてるのよ」

と、素代が言った。

「お客？　誰？」

「早川さん。早川正実さんよ。あの刑事さん」

淳子はすっかり目がさめてしまった。

「すぐ下りてくわ！」

「急いでね。もう一時間半も待っておられるのよ」

「一時間半……」

淳子は愕然《がくぜん》とした。「――どうして起してくれなかったのよ！」

「だって、あんたが起すなって……」

「時と場合によるでしょ！　すぐ仕度して下りてくわ」

淳子は大急ぎで顔を洗い、身仕度をした。

それにしても――一時間半も、淳子の起きるのを待ってたなんて！　そんな刑事さんがいるんだ！

パタパタとスリッパの音を立てて階段を下り、居間へ入ると、

「お待たせしてすみません！」

と、頭を下げた。

「やあ、起しちゃったんじゃない？」

「いえ、起きたんです、ちょうど。――昨日は、お母様のおかげで大成功で。本当にあり

がとうございました」

「うちのお袋はね、昔から魔法使いみたいで、ふしぎな力を持ってるんだよ」

と、正実は笑って言った。

「本当にすてきな方ですね。私——改めてお礼にあがりたいと思ってます」

「いいんだ。そんなことされると照れちゃうよ、お袋は」

「でも……」

「それより、実はね、せっかくの休みに悪いんだけど、君にちょっと見てもらいたいものがあるんだ」

「何でしょう？」

「一緒に来てくれないか。都合は？」

「今ですか？　大丈夫です。じゃ、すぐ出かける仕度をしますから」

「すまないね」

正実の穏やかな言い方は、淳子の胸をなぜか熱くさせた。

淳子にも、むろんボーイフレンドの何人かはいるが、正実のように気をつかってくれることはない。

「だめだめ」

と、鏡の前で着替えながら、淳子は呟いた。

「あの人には、ちゃんと早川リル子さんって奥さんがいるんだもの……」

せめて、何か頼まれたときには、できるだけ力になろう。

淳子はそう心に決めて、

「これでよし、と」

と、鏡の中の自分の姿に肯いたのだった。


「死体を見るんですか？　私が？」

と、車の中で正実から話を聞いて、淳子は思わず訊き返した。

「そうなんだ。申しわけないけどね」

と、正実は車を運転しながら、「さっき、君のお母さんの前じゃ言いにくくて」

「——分りました」

淳子は深呼吸して、「大丈夫です」

「助かるよ」

「でも——その死体って誰なんですか？」

「河原泰男、三十五歳」

「知らないわ」

「ともかく顔を見てほしいんだ」

と、正実は言った。「君が先入観を持たないように、何も言わないよ」

河原泰男……。

いくら考えても、淳子の記憶の中に、その名前はなかった。

「すぐすむからね」

と、正実は言った……。

確かに——見るのは、ほんの何秒のことである。

三十分ほど後には、淳子は、布に覆われた男の死体を前にしていた。

ひんやりとした空気。青白い蛍光灯《けいこうとう》の光。

「——いいかい?」

と、正実に訊かれて、淳子は肯いた。

しかし、布がパッとめくられたとき、淳子は反射的に目をつぶってしまっていた。

「どう?」

と訊かれ、恐る恐る目を開ける。

青白い顔があった。——初めは、全く知らない人だ、と思った。

「私、こんな人——」

と言いかけて、ふと思い直す。

いえ、そうじゃない。どこかで会ったことがある。

どこで？

正実はじっと淳子の表情を見守っていた。

そして、たっぷり二、三分たって、

「——この人だわ！」

と、淳子は言った。「この人が、あのとき男子トイレから出て来た人です！」

「間違いなく？」

「ええ」

「——良かった」

正実はホッとした様子で、「あの翌日に殺された男が、君の言った人相と、あんまりぴったりなんで、もしかしたら、と思ったんだ」

「名前は何ていいましたっけ」

「河原泰男」

「聞いたことのない名です」

「何の仕事をしていたのか、奥さんもよく知らなかったんだよ」

「奥さんがいたんですか」

「奥さんと、二歳の子供がね。その目の前で死んだ。撃たれて」

「犯人は？」

「分らない。ともかく人通りの多い地下道でやられてるんでね。大混乱になって、誰も犯行そのものを見たとは言わない」

「でも……この人が、あの講堂での殺人の犯人なら……」

と、正実は言った。「口をふさぐために殺されたんだろうね」

「通りかかった人の中に、女が一人、急いで逃げて行ったと証言している人が……」

「――女？」

「そう若くない女だそうだ。でも、それが犯人とは限らない」

正実は布で元通り、男の死顔を覆うと、「いや、ありがとう。助かったよ」

「いいえ！　お役に立てて……」

淳子は照れて、つい目を伏せていた。「――でも、あの人の奥さんや子供さんは、気の毒ですね。ご主人が人殺しだったと知るなんて」

「全くね」

と、正実は肯いて、「君はやさしい子だね」

そう言われて、淳子はますます赤くなってしまった。


三橋元子は、ホテルのレストランで昼食をとっていた。

これは、元子のたった一つのぜいたくである。——夕食は高いので、まず来ることはない。

「いかがでございますか」

と、レストランの支配人が挨拶《あいさつ》してくれる。

むろん、毎日来られるわけではない。橋口の用があれば、昼休みなどないも同然なのだから。

しかし、今日のように橋口が「午後から出社」して来ると連絡があったときは、必ずここへ来ていた。

「ええ、おいしいわ」

特に、パンがいつも熱くて、おいしい。

「パンのおかわりをお持ちしましょうか」

「それじゃ、お願い」

——昨日の今日だ。

元子は、ゆうべほとんど眠っていなかった。

河原を殺したこと、そのことよりも、妻と子の姿がチラついて消えない。——あの二人は、これからどうやって生きていくのだろう？

元子は、本当ならあの二人のことより、自分の身を心配しなくてはならないのだ。いくら相手が殺し屋でも、元子自身が、口封じのために手を下した。

元子は、ため息と共に、グラスのワインを飲み干した。

もう一つの心配。——それは、河原の代りをどうやって見付けるかである。

橋口は、いずれまた「次をやろう」と言って来る。

だが今は危い。当分、避けなくては。

それを橋口が納得してくれるだろうか？

新しいパンが来て、割ると湯気が立った。

元子はそれを見てホッとした。

いつも変らない「歓《よろこ》び」がそこにある。それは元子を安堵《あんど》させた……。

「お客様！　困ります——」

と、騒ぐ声に目を上げると、

「ここにいるのは分ってるのよ！」

聞いた声だ。

京田久江が、大股《おおまた》に元子の方へとやって来た。

「やっぱり、ここだったのね」

「久江さん。何ごとですか」

「何ごとじゃないわ！　どういうことよ！」

久江は頭に血が上っている。大声がレストランの中に響き渡った。

「小声で。——他の方の迷惑です」

「迷惑？　何よ、迷惑してんのはこっちだわ！　あんた、橋口の秘書のくせに、何してたのよ！」

「お願いです。すぐ出ますから、外で——」

「長い話じゃないわ」

久江はバッグから数枚の写真を取り出すとテーブルの上に投げ出した。

「何ですの？」

「見れば分るでしょ。橋口と、エミとかいう女子大生。——ここんとこ、冷たくなっておかしいと思ってたのよ」

久江は椅子を引いて座ると、「知ってたんでしょ、あんたも！」

「久江さん。私は社長秘書で、私生活のことまでは――」

「じゃ、これで分ったでしょ！　何とかしてよ」

「それは社長と久江さんの問題でしょう。私にそこまでは――」

「私は許さないわよ！」

と、久江は叩きつけるように言った。「あの人にちゃんと店を持たせてもらうまでは、何があっても別れない」

「そうお伝えします」

「確かに言っといてよ」

久江は立ち上ると、「私をなめるんじゃないわ、と言っといて。この女子大生とはすぐ別れなさいと伝えて」

「分りました」

「うんと豪華な店にしてやる。予定の倍も金をかけてやるわ」

「久江さん――」

「だめとは言わせないわよ」

久江は遮《さえぎ》って、「じゃ、またね！」

さっさと出て行く久江を見送って、元子はため息をついた。

レストランの中の客たちが、みんな元子のことを好奇の目で眺めている。

「──失礼いたします」

支配人の声に、元子はあわてて写真を集めて、バッグへ入れた。

「ごめんなさい。すぐ出るわ」

「いえ、デザートをどうするか、お伺《うかが》いに参りました」

いつも通りに接してくれることが、今の元子には何より嬉しかった……。

底なし沼

「こんなことって、あるんだ」

と、江美は言った。

「何のことだい？」

早川克巳はベッドから出て、バスローブをはおっていた。

「まるでドラマじゃない。殺人現場を目撃して、その犯人と恋に落ちるなんて」

克巳は苦笑して、

「ここが、ちゃんとしたホテルだからいいが、ラブホテルなんかでそんな話をしちゃいけないぜ」

「どうして？」

「盗聴だ。ゆすりたかりのネタを捜して、ああいうホテルは隠しマイクを仕掛けてる所がいくらもある」

「そんなことがあるの？　それこそドラマみたいね」

「今はドラマの方がずっと人間くさい時代さ。現実はやり切れないくらい殺伐《さつばつ》としてる」

克巳はソファに腰をおろして、「俺が言うのは変かな？」

「ちっとも」

江美は首を振って、ベッドの中で伸びをした。「あなたに抱かれてると、安心するの。何だか大きな翼の下で休んでるようで」

「買いかぶりだ」

と、克巳が言って、「――さ、腹が空いたろ？　何か朝食を取ろう。といっても、もう昼過ぎだけどな」

――都心のホテルで、克巳は田所江美と一晩を過した。

江美もマンションに一人暮しだ。泊っても不都合はなかったが、やはり一緒に眠って目をさますのは、特別な気分だった。

「あ、本当だ」

と、江美は時計へ目をやって、「そう聞いたら、急にお腹《なか》が空いて来た。死にそうだよ！」

「サンドイッチでも取るか。シャワーを浴びて来いよ」

「はあい。——なかなか出て来なかったら、見に来てね。お腹空いて、倒れてるかもしれない」

江美は、はしゃぐように言って、体にシーツを巻きつけると、ズルズル引きずりながらバスルームへと入って行った。

克巳は電話でルームサービスの注文をすると、服を着た。

バスルームのドア越しに、シャワーの音が聞こえて来る。

「俺も年齢《とし》かな」

——江美はまだ二十一だが、ふしぎと年齢の差を感じさせない。

克巳は、女と一夜を共にした後、こんなに寛《くつろ》いだ気分になったのは初めてだった。

克巳は用心深く、女に惚《ほ》れることを避けて来た。しかし、江美との出会いは、これまでとどこか違っている。

シャワーの音が止《や》むと、江美が明るく歌を口ずさんでいるのが聞こえて来た。克巳などまるで分らない歌だ。

「やっぱり無理かな」

と、克巳は呟いた。

「――久江が。そうか」

と、橋口は肯いた。「他からも聞いた。用心しろと」

「それはどなたから？」

と、三橋元子は訊いた。

「あのインテリア・デザイナーだ。早川という……」

「あの方が？」

「久江は、あの女にもしゃべっていたらしい。――この写真か」

社長室で、橋口は机の上に元子が置いた写真を一枚ずつ取り上げて見た。

「本当に女子大生なんですか」

「うん。今野エミといって、十八歳だ」

「お嬢さんより若いじゃありませんか！」

「分ってる。しかし――もう別れられないんだ」

元子はため息をついた。

「どうなさるんです？　久江さんが黙っているわけはありませんよ」

「分っとる」

橋口は額にしわを寄せて、「――しかしな、もう久江とよりを戻す気になれん。エミのせいじゃない。久江にはうんざりし始めていたんだ」

「お気持は分りますが、だからといって、久江さんに別れ話を切り出したりしたら……」

「台風を招くようなもんだな」

「手切れ金といっても、半端《はんぱ》な額じゃすみません。とても今の社長では……」

「よく考える」

と、橋口は言った。「会議は二時だったな」

「はい。準備はできています。では、時間になりましたら、参ります」

元子が出て行こうとするのを、

「待ってくれ」

と、呼び止め、「――久江を黙らせる方法はないか」

元子は机の前に戻って、

「その女子大生と別れるしか……」

「それはできん。万一、別れても久江と今まで通りやってはいけん」

「それでは無理です。修羅場を覚悟なさらないと」

「引っかき傷くらいじゃ、すまないかな」

と、橋口は苦笑した。

机の電話が鳴って、元子が取る。

「——社長室。——どなたから？——つないで」

送話口を手でふさぎ、「社長、今野エミさんからです」

橋口が当惑顔で受話器を受け取った。

「——もしもし。——うん、どうした？——おい、泣いてるのか？——何だって？」

橋口の顔がこわばった。「——分った。すまん。——何とかする。心配するな。——あ
あ、もう大丈夫だ」

元子は、じっと橋口の表情に見入っていた。

電話を切ると、橋口は深々と息をついて、

「久江が、エミの大学の教授に写真を送りつけた」

「やりかねないですね。それで終るとも思えません」

「全く……」

橋口は首を振って、「とりあえず、機嫌を直させんとな。——どうしたらいいと思う？」

「ぜいたくの好きな方ですから、久江さんは」

と、元子は淡々と言った。

「ぜいたくか」

「はい。食事とワイン、それにプレゼント。――それでとりあえずはおさまるでしょう。でも、エミさんという子と別れると約束されないと……」

「出まかせなら、いくらでも言うが……」

「ちゃんと調べさせますわ、久江さんは。それに、エミさんという方に、直接おどしをかけられるかも」

「やりかねないな。話し合ったところでむだだろう」

「そこは社長のご判断です」

と、元子は言って、「では、会議の方を――」

「なあ」

と、橋口は言った。「あの男に頼めないかな」

元子は、聞こえなかったかのように、真直ぐドアの前まで行って、ノブに手をかけたが、

「久江さんを殺すんですか」

と、ドアへ顔を向けたまま言った。

「――他に手があるか」

橋口は少し苛々したように、「何かいい思い付きがあれば、そんなことはしないさ」

「社長……」

元子はゆっくりと振り向いた。「もういい加減、やめなくては。これまで疑われなかったのが幸運だったんです」

「分ってるとも！　しかし……これが最後だ。な？　もう一度、頼んでみてくれ」

元子は少し間を置いて、

「もう、あの男には頼めません。淳子さんが顔を見ているんです」

「ああ、それはツイてなかった。しかし、あんなことで捕まるか？」

「それに、もうあの男は生きていません」

元子の言葉に、橋口はさすがに目を丸くした。

「――生きてない？　どうしたんだ？」

「死にました、あの男は」

「死んだ？　――しかし、いつのことだ？」

「昨日です」

「えらく……突然だな」

「私が殺しました」

元子はそう言って、「では、また後で参ります」

と、社長室を出て行った。

——しばし、橋口は口をポカンと開けたままでいることにも気付かずに、座っていた。

会議が終ると、橋口は元子へ残るように合図をした。

元子の方も察してはいた。——他に誰も会議室にいなくなると、

「社長——」

「待ってくれ」

橋口が遮って、「すまん」

と、頭を下げた。

「どうなさったんですか？」

「俺のわがままのために、人殺しまでさせてしまったのかと思うと……。考えてもみなかった」

元子は椅子を引いて座ると、

「元はと言えば私のひと言が原因です」

と言った。「あのとき、『保険金が入ります』と申し上げなければ……」

「いや、たとえ君の言葉がきっかけでも、実行した責任は俺にある」

橋口はため息をついて、「君に任せておけば安心だと……。考えてみれば、いつも危い

橋を渡っていたのは君だ」

「社長。そのこと自体はよろしいんです。私が好きで選んだ道ですから。ただ、万一発覚したとき、警察は私だけでは満足しないでしょう」

社員を事故死や通り魔殺人の犠牲者に見せかけて殺し、社がかけていた生命保険の保険金で会社の赤字を埋めた。

その簡単さが誘い水となって、橋口は抜け出せなくなってしまった。

そして、会社の資金としてだけでなく、女性と遊ぶ金が欲しいときや、家計の足しにもしていたのだ。

元子がいればこそ、それは可能だったのである。――橋口が、

「何とかならないか」

と言えば、元子が次の「犠牲者」を誰にするか、候補をあげる。橋口はただ黙って、肯いて見せる。

数日か一週間後、その社員は電車のホームから飛び込むとか、運悪く、他人の喧嘩《けんか》の巻き添えを食って刺されて死ぬとか……。

そして保険金が入り、人件費は減る。

「あまりに楽をしすぎたな」

と、橋口は言った。「想像もしなかったよ、君が直接手を下すなんて」

「社長。私自身には、久江さんの命を奪うことなんかできません」

「分ってる。もう久江とも長い付合いだしな。気持は分る」

沈黙があった。――元子は肩を落として、

「分りました。代りを捜します」

と言った。

「すまん！」

橋口は元子の手を取って、拝むように額に当てた。

「やめて下さい」

と、元子が顔を赤らめた。「ただ、そうすぐに代りが見付かるとは思えません。三、四日、久江さんのご機嫌を取って下さい」

「分った」

元子は立ち上ると、

「あと十分で来客のお約束です」

と言った。

男が、呻《うめ》きながら身動きした。

「——気が付いた？」

女の声に、ベッドで包帯に包まれた本間が目を開ける。

すぐには誰だか分らないのだろう。しきりに目を開けたり閉じたりして、

「何だか……ぼんやりして……」

と言った。

「当然よ。丸二日、意識がなかったからね」

「あんたは……」

と言いかけて、自分の状態に初めて気付いた。「どうしたんだ、俺は？」

手を動かそうとして、思わず声を上げた。

「痛いわよ、そりゃ。全身十か所も骨折してるんだから。命が助かって、めっけもん」

と、早川香代子は言った。

「入院してるのか？　畜生！」

と、顔をしかめて、「——あんたは？」

「あんたが倒れてるのを見付けて一一九番したのさ」

と、香代子は言った。「放っといて死なれちゃ、後味が悪いしね」

「何てこった……」

本間は呻いた。「治るのか、俺は？」

「おとなしくしてりゃね」

香代子が肯いて、「後でお医者から話を聞くんだね」

と言うと、

「じゃ、これで失敬。——お大事に」

と、病室から出て行きかける。

「待ってくれ。あんたは誰だい？」

本間の問いに、

「いずれ、どこかで巡り会うよ」

と言うと、香代子は微笑んでさっさと出て行ってしまった。

ビジネス

「いらっしゃいませ」

店の奥から、温厚な笑顔の老人が現われた。

「これはどうも。いつもありがとうございます」

三橋元子は、少しぎこちない笑みを浮べて、

「また、お薬をお願いしたいの」

と、言った。

店内はそう広くないが、棚一杯に様々な漢方薬が並んでいる。

「でしたら、しばらく診《み》ていませんから、診察してからお薬を決めましょう」

「ええ、よろしく」

「では、どうぞ奥へ」

と、通されたのは、奥の小部屋で、元子はすすめられるまま、椅子にかけた。

「さて……」

薬局の主人は、ちょっとの間、黙って元子を眺めていた。「困ったことです」

「河原さんのことは、お気の毒でした」

と、元子は言った。「でも、こっちも困っています。あんな形で亡くなって、当然警察はあの人の自宅などを捜索するでしょう」

「その点はご心配なく」

と、主人は禿げた頭をツルリとなでて、「あの男もプロです。依頼人の身許《みもと》の知れるような物を、自宅に置いたりはしません」

「そう願いますわ」

「それにしても……。いい男だったのに」

「ええ……」

元子は少し声を低くして、「誰がやったのか、分ってるんですか？」

「さてね……」

と、主人は首を振って、「どうやら女らしいということは分ってるんですがね」

「女……ですか」

「河原は妻子を連れていました。むろん偶然かもしれませんがね」

「奥さんとお子さん？――今、どうしてらっしゃるんでしょうね」

「さあ……。ともかく、死んでしまった人間のことは、早く忘れる。それがこの世界ですから」

「それで……」

と、元子は言った。「どうでしょうか。誰か河原さんの代りを、紹介していただけませんか」

「そうですね……。ま、やみくもに体当りで相手を刺すような、単純な手合いはいくらもいるが、頭のいいプロとなると、ぐんと数は少ないんですよ」

「分ってます。でも、こちらも急に河原さんがいなくなって、予定がすっかり狂ってしまったんです」

元子は淡々と言った。「誰か優秀なプロを紹介して下さい。お願いします」

店の主人の目は少しの間宙を見ていたが、

「――いないこともない」

と肯いて、「これこそプロ、という優秀な男。今はちょうど仕事が一つ終って暇なはずです」

元子は思わず身をのり出した。

「ぜひその人を——」

「まあ待って。問題はある。まず高い。河原よりはずっと取ると思っていて下さい」

「——分ります」

「それに、仕事を選ぶのです。どんな相手でもやるというわけではない。——差し当りの標的が?」

「います」

と、元子は肯いた。

「まず、その相手が誰か、教えて下さい。いや、私には言わなくていいです。その男に。それを聞いて、彼が判断するでしょう。心配いりません。その男が秘密を洩らすことはあり得ない」

主人がそこまで言うのだ。その信頼の厚さは元子にも伝わった。

「その人とは、どこへ行けば会えますか?」

「向うから、あなたへ連絡が行って、いつ、どこで会うか指示して来ます」

「分りました」

元子はとりあえずホッとした……。

「すべて、ワンランク上の物にしたいのよ！」

と、京田久江は言った。

「すべて、とおっしゃると……」

「『すべて』は『すべて』。何もかもよ！」

「今でも充分に高級な物を使っていますわ」

と、早川美香は言った。

久江からの突然の電話に、美香はてっきり、

「もう少し安くできない？」

という話かと思った。

そういう話なら、どの客からもたいてい一回や二回は来る。ところが久江の話は、

「もっと高級な物を」

ということなのだ。

「私の店に、高級品は似合わないとでも言うの？」

と、久江がむくれた声を出す。

「いえ、とんでもない。ただ、これ以上、ワンランク上となりますと、お値段としてはぐっとお高くなるんです。物によっては倍近い値段になってしまうかも……」

「大丈夫。橋口からはＯＫをもらってあるから」

久江は自信たっぷりだ。「今日、午後の三時に、この間のインテリアのショールームに来て。よろしくね」

美香としては、お客がもっと高い物を買うと言うのだから、反対する理由はない。

電話を切ると、一緒に話を聞いていた河野恭子が、

「どういうことでしょうね」

と、首をかしげる。

美香には見当がついた。

京田久江が、橋口と例の女子大生との付合いを突き止めたのだ。

「許してあげるから、その代りに――」

と言って、承知させたのだろう。

「ともかく三時だっていうから。――行きましょう」

「全部、最初からやり直すんですか？」

「そうなりゃ、またお金をふんだくれるわ」

と、美香は言った。「あなた、ファイル持ってね」

「はい」

――二人は車で出て、三時の十分くらい前にショールームに着いた。

「――どうもわざわざ」

ショールームの係の女性が出て来る。

用件は途中、ケータイで伝えてあった。

「お手数ですけど、よろしく」

と、美香は言った。

「いえ、とんでもない」

「恭子さん、ファイルを」

美香は、橋口の仕事のためのファイルをテーブルに広げて、「たぶん、全体が変るってことじゃないと思うんです。一つ一つの品をグレードアップするということで」

「今の私どもには、とてもありがたいお話ですわ」

「ええ。――でもね、ちょっと問題もあって……」

と、美香は言った。

「いらっしゃいませ」

という声が耳に入って、美香は橋口たちが来たのかと振り向いた。

「いいんです。ここで人と待ち合せてるんで……」

あの女子大生だ。

待ち合せ？　しかし――。

向うが美香に気付いて足を止め、

「あ……。どうも」

と、微笑んだ。「レストランで――」

「ええ」

美香はすぐに察した。「ここで橋口さんと？」

「そうです」

「直接電話があったんですか？」

「いいえ。――私のケータイにメールで、ここに三時って」

美香はファイルを閉じると、

「ちょっとこっちへ」

と、少女の腕を取って、ショールームの奥へ連れて行った。

「何ですか？」

「あなたをここへ呼び出したのは、橋口さんじゃないわ」

「でも――」

「知ってる？　橋口さんに、『彼女』がいること」

「ええ……。もうずいぶん長いって――」

「そう。京田久江さんというの。あなた、名前は？」

「今野エミです」

「エミさんね。私は早川美香。――京田久江さんに呼ばれて来たの、ここへ」

「――どういうことですか？」

と、エミは面食らっている。

「ここにいちゃだめ。早く帰って。あなたにメールを送って、ここへ呼び出したのは、久江さんよ」

エミが立ちすくむ。

しかし、そのとき、もう入口の方で、

「あら、どうも」

と、久江の甲高い声が聞こえた。「早川さんはまだみえてない？」

「いえ、今しがた……」

「お待ちしていましたわ」

美香が足早に戻って、「お電話、ありがとうございます」

久江の後ろに橋口が立っている。

「いえね、私、中途半端はいやなの」

と、久江は言った。「どうせなら、一級品を集めた方がね。その方が飽きも来ないし、結局、得でしょ」

「さようでございます」

「そう言ったら、この人が賛成してくれて」

久江は橋口の腕に甘えるようにしがみついた。

橋口は苦笑いしている。

「では、どの辺をご覧になりますか？」

「全部！　だって、カーテンだけとか、ソファだけとか、別の物にできないでしょ？　一つ変えれば、全部変えなきゃ」

「では、床のタイル、壁のクロスも？」

「そこまでは面倒だわ。机とか椅子とかランプとか、動かせる物ね」

「かしこまりました」

美香はファイルとボールペンを手に、久江と歩き出した。

「あなたは座ってて！」

と、久江が橋口へ声をかける。

「言われなくても座ってる」

と、橋口は言って、椅子を引いて腰をかけた。

美香と久江は、ショールームの中を歩きながら、

「これどう？　すてきよね！」

「イタリア製で、三倍します」

「いいわ。これにしてちょうだい」

「はい」

美香は、素直にメモを取っていく。

「――おかしいわ」

と、久江は眉をひそめて腕時計を見た。「もう十五分よね」

「何か？」

「この間の話、憶えてる？　橋口に女がいるって言ったでしょ」

と、小声になって、「見付けたの。しっかり証拠写真までとってね」

「まあ、そうでしたか」

「それが女子大生なのよ！　馬鹿みたい！　今の若い子なんて、何か買ってくれそうな男

になら、すぐついてくのにね。あの人ったら……」

「それで、その子が――」

「今日、ここへ橋口の名で呼び出したの。――三時って言ったのに」

「どこかへ遊びに行ってるのかもしれませんわ」

「そうね。――でも、つまらない。現われたら、うんといじめてやろうと思ったのに」

「他の品を見ませんか」

「ええ。――あの人も、その子と別れるって約束したわ。全く、男なんて、いくつになっても若い女に好かれると思ってるのね」

と、久江は笑って言った。

「その代りに、グレードアップですか」

「そうよ！　私が一体何年あの人に尽くして来たか。その私を裏切って。――これくらいですむんだから感謝してほしいわ」

久江は、大理石の置時計を見て、「これ、気に入ったわ。買いましょ」

「かしこまりました」

と、美香はメモを取った。

そして――一時間ほど、図面を見ながら久江がほとんど一人でまくし立てた。

「——じゃ、行くわ」

と、久江が言って、「夕ご飯、食べましょ。早川さんも一緒にいかが?」

「私は、この後仕事がございますので」

「そう。じゃ、よろしくね」

「かしこまりました」

美香は、ショールームの表まで出て、橋口の車を見送ると、中へ戻り、奥のクローゼットの並んだ一画へ行き、

「もう大丈夫よ。出て来て」

と、一つの扉を開けた。

今野エミが額に汗を浮べて、クローゼットからよろけるように出て来た。

コーヒーカップを持つ女子大生の手は、小刻みに震えていた。

「急がないで。ゆっくり飲むのよ」

と、早川美香は言った。

「大丈夫です。どうもすみません」

今野エミは気丈に微笑んで言った。「気をつかっていただいて……」

「そういうわけじゃないのよ」

美香は軽い口調で、「私としては、今騒ぎになって、せっかくの仕事がご破算になっちゃ困るの。別にあなたの味方をしたわけじゃないわ」

体の震えが止らないエミを、ショールームの近くの喫茶店へ連れて行った。

狭いクローゼットの中に隠れて、一時間以上もじっとしていたのだ。こうして座って話していても、エミが精神的なショックから立ち直っていないことが察せられた。

「怖いわよ。男でも女でも、嫉妬《しっと》くらい人に残酷なことをさせるものはないわ」

と、美香は言った。

「そうですね」

エミは息をついて、「初めてです。こんな怖い思いをしたのは」

「それにしても、あなたみたいな若い子がどうして？　別に、相手が五十でも六十でも、付合っちゃいけないとは言わないけど」

「初めは……ホテル代がなくて、どうしようかと思ってたとき、エレベーターで橋口さんと一緒になって、この人ならお金出してくれる、と思ったんです。でも付合ううちに、何だかとても気が楽になって来て。――本当なんですよ」

「嘘だとは言わないわ。でも、あの人には家族もあるし」

「分ってます。――何も、結婚しようなんて思っていません」

「悪いことは言わないわ」

と、美香は言った。「あの京田久江さんみたいな人と争ったりしたら、あなたはどんなことされるか分らないわよ。橋口さんとは別れなさい」

エミは表情をこわばらせて、

「橋口さんが私に飽きたのなら――それとも私が別れたいと思ったときには別れます。でも、あんな人におどされて別れるなんていや」

美香は、この女子大生のことがよく分らなかった。

本気で言っているように見える。これが演技なら大したものだ。

いずれにしても、久江はこの子を標的にして、もっと意地悪をしかけて来るだろう。

「——どうも」

コーヒーを飲み干すと、エミはバッグから財布を出して、「コーヒー代、ここへ置きます」

「払いたければ払って」

「では、これで」

エミは立ち上って、「私のこと、心配して下さったことは感謝しています」

「用心してね、充分に」

「はい」

美香は、エミが喫茶店を出る、その背筋を伸した背中を見送って、考えていた。

「——昔の私があんな風だったかな」

と呟くと、ちょっと笑ってコーヒーの残りを一気に飲み干した。

「仕事の依頼だ」

と、男が言った。

「そりゃ分ってる。他の用じゃ連絡して来ないからな」

早川克巳はそう言い返して、「今は休みの期間だ」

「分ってる。聞くだけでもいいから聞いてくれないか」

——電話して来たのは、長い付合いの男で、素気《すげ》なく断ってしまうのもためらわれた。

「分った」

と、克巳は言って、「じゃ、明日の午後二時に、いつもの公衆電話ボックスの中で待てと伝えてくれ」

「すまん」

「男か女か？」

「女だ。じゃ、よろしく頼む」

「引き受けるとは限らんぞ」

「分ってるとも。今度は間違いなく払うから。心配ない」

支払いとなると急に渋って、結局殺すことになってしまった——その現場を、田所江美に見られたわけだが——あの相手も、この電話の男の仲介なので、ひけめがあるのだ。

「大いに心配してるぜ」

と、克巳はわざと言ってやった。

そして……。

翌日の午後、ホテルの一室から、克巳は電話をかけた。午後二時ちょうどだ。

すぐに向うが出た。

「――はい」

緊張した女の声だ。

「そこを出て、Nホテルの〈804〉号室へ」

と、克巳は言って、そのまま切る。

そのホテルの部屋の窓からは、公園の入口が見える。――克巳は双眼鏡で、出て来る女を待った。

二、三分で女が出て来る。

克巳は目をみはった。

「おやおや……」

あの大学の文化祭で殺人が起きたときに会っている、橋口という社長の秘書ではないか。

――三橋元子といったか。

「そうか……」

殺しを仕事にしていた河原という男が死んだ。あれはおそらく……。

克巳は部屋の明りをつけておいてカーテンを閉め、客を迎える準備をした。

ドアを細く開けたままにして、明りを消す。――部屋は暗く沈んだ。

廊下をかすかな足音が近付いて来て、ドアの前で止る。

「失礼します……」

ドアを開けて、三橋元子は中の暗さに一瞬戸惑った。

克巳はドアの方へ向けたスタンドライトをつけ、元子を照らした。

「――入って、ドアを閉めなさい」

元子はまぶしそうにしながら、ドアを閉めた。

「座って」

克巳の言葉通り、元子は椅子にかけた。

向い合ってはいるが、元子は正面から光を受けて、克巳の顔は全く見えていない。

「仕事の内容を」

克巳は作った声で言った。――必要に応じて、声を変えるのも、この商売にとっては重要な能力だ。

「殺していただきたい女が」

と、元子が言った。

「名前は？」

「京田久江。四十歳です」

「どういう立場の女だ？」

「ある——会社社長の愛人です。今、社長は別の女に心を移していますが、久江さんは絶対に別れようとしません。困り果てています」

「あんたの立場は？」

「私は……その社長の秘書として、社長の望みを叶《かな》えてあげたいので」

「社長も承知か」

「はい。——ここへ来たことは知りません」

「殺しの方法、時期は？」

「方法はお任せします。早い方がいいのですが。できれば一週間以内に」

「できないことはない。——支払いは現金で一千万。半額届いた時点で、実行にかかる。終了後、残り半額。いいかね？」

「はい、お願いします」

元子はためらわずに言った。

「前金が届いた時点から一週間以内に片付ける。その女のデータを」

「こちらに写真とか住所のメモを」

元子が封筒を出す。

「分った。その椅子の上に置いて、帰っていい」

と、克巳は言った。

——元子が出て行く。

さて、と克巳は思った。

あの女は何を考えているのか。

金にはならなくても、その裏の事情を探る方が面白そうだ……。

克巳がカーテンを開け、伸びをしていると、携帯電話が鳴った。

「——もしもし」

「私、江美よ」

「やあ、どうした？」

田所江美である。

「あの——何だか困ったことになったの」

江美の声は動揺している。

「どこにいるんだ？」

「大学。あの——今から来てくれる？」

「もちろんさ」

と、克巳は言った。「何を困ってるのか、もう少し説明してくれ」

「あの……何だか人が殺されたみたいなの」

と、江美は言った。


「——ね、江美」

さかのぼること、三十分ほど。

大学の廊下を歩いていた江美は、呼び止められて振り向いた。

「どうしたの？」

原島信子である。

「ね、里加、見なかった？」

仲村里加のことを言っているのだ。

「知らない。——どうしたの？」

「うん、今日これからライブに行くことになってたのに、待ち合せた場所に来ないのよ」

「忘れてんじゃないの？」

と、江美は言った。「珍しくないでしょ、里加なら」

「うん、まあね」

と、信子は顔をしかめて、「でも、チケットを里加が持ってるのよ」

「あらあら」

「もう出ないと間に合わないし……。参ったな」

「里加のケータイにかけた？」

「さっきから何度もかけてるわ。でも出ないの」

二人が立ち話をしていると、通りがかった同学年の子が、

「里加って仲村さんのこと？」

「うん。見かけた？」

「ちょっと前だけど、大屋と一緒に歩いてたよ」

「大屋先生？」

「三十分くらい前かな」

「ありがとう」

信子は、腕時計を見て、「大屋の所へ行ってみよう」

〈犯罪研究会〉の顧問をしている大屋助教授のことである。

「里加、ここんとこ、大屋につきまとわれてるの」

信子の言葉は、江美にとって、思いがけないものだった。

「里加が?」

「そう言ってたわ、この間。——夜中にケータイとかへかけて来て、困っちゃうって」

江美は少し考えていたが、

「急ごう」

と、信子を促した。

二人は足早に、階段を上って、大屋の部屋へと向った。

「〈外出〉になってる」

と、ドアの所の表示を見て、信子が言った。

「いても〈外出〉にする人って多いのよ」

江美は、ドアをノックした。——二度、三度叩いて、ノブを回すと——。

「開いた」

二人は中へ入って戸惑った。

暗いのだ。――昼間からカーテンを閉めてある。

「先生、います？」

江美は明りのスイッチを押した。

しばし、沈黙があって、

「いやだ！」

信子が短く声を上げた。

ソファに、仲村里加が横たわっていた。胸をはだけ、スカートもまくり上げられて半裸の状態。

「里加！」

江美が駆け寄る。「――しっかりして！」

里加はぼんやりと目を開けて、

「やめて……。先生……やめて……」

と呟いた。

「里加。——里加」

何度か呼びかけると、仲村里加はやっと我に返った様子で、

「江美?」

「分る?」

「うん……。ごめんね」

「何を謝ってるの?」

江美にそう言われて、里加は目をしばたたき、

「——分んないけど」

と言った。「私……」

「服を着て、里加」

そう言われて里加は初めて自分が半裸でいることに気付いたようで、

「いやだ！」

と真赤になった。

「大屋がやったの？」

と、信子が険しい顔で、「ただじゃおかない！」

「先生……。どこへ行ったんだろう？」

「里加。——何があったのか話して」

「よく分らないの……。何だかここへ連れて来られて……。紅茶をすすめられた。いえ、ハーブティー。——ハーブティーだったわ」

江美も確かにそれらしい匂いに気付いていた。

「それで？」

「何だか少し薬くさかったけど、そうまずくもなくて。飲んだらボーッとして来たの」

と、里加は言った。「体の力が抜けて……。先生が私をこのソファに横にして、服を脱がせたの。いやだったけど、逆らおうにも力が出ないの」

信子が肯いて、

「それって、ハーブティーじゃなくて、何かのドラッグだわ、きっと」

「たぶんそうね。——里加、それからどうしたの？」

「よく……分らない。誰かが入って来たの」

「誰かが？」

「ドアの開く音がしたわ。それで大屋先生が怒ったように——。何か言ったわ」

「勝手に入って来るな、とか？」

「ええ、たぶんそんなことだったと思う」

里加はそう言って眉をきつく寄せると、「それから……叫び声がして……」

「誰が叫んだの？」

「分らない。何だかとっても声が頭の中で反響して……」

「それから？」

「私……眠ったのかもしれない。気を失ったのかも。——目を開けたら、二人が見えたの」

「いずれにしても、大屋先生を見付けて問い詰めましょ」

と、信子が言った。「学生を何だと思ってるのかしら！」

里加がちゃんと服を着るのを手伝って、江美は、

「どこへ行ったのかしらね」

と、正面の奥まった位置にある、大屋の机を見に行った。

机の上は雑然として、メモのようなものは見当らない。

江美は机の横を回って、引出しのある側へ出たところで足を止め、呆然として立ちすくんだ。

「――江美。里加を一旦連れて帰ろう。先生の方は後回し」

と言って信子が、「――江美。――どうしたの?」

江美は、ちょっと間を置いて言った。

「信子、里加を連れ出して」

「うん……。いいけど……。どうしたっていうの?」

「ちょっとね。――私、ここで先生が戻るのを待ってる」

「分った」

信子が、まだ少しふらつく様子の里加を抱きかかえるようにして出て行った。

そして――。

「ここよ!」

と、江美が手を振るのが見えた。

「――やあ、遅くなった」

と、克巳は言った。

「そんなことない。大丈夫よ」

と、江美が言った。

「案内してくれ」

「ええ」

江美が先に立って、大学の講義棟の中へ入って行く。

大屋の部屋へ着くまでに、江美は事情をもう一度説明した。

「とんでもない先生だな」

と、克巳は言った。

「そう思う？」

「思うね。教師と学生は対等じゃない。対等でない関係では恋は生れないよ。もし、互いに好きだと思っても、学生が卒業して社会人になるのを待って付合うべきじゃないか」

「――そうね」

江美は、そのドアの前で足を止めた。「ここよ」

ドアを開けて中へ入ると、克巳は匂いをかいだ。

「――なるほど、この匂いか」

「分る?」

「当ってみれば分るだろう。――それで?」

「奥の先生の机があるでしょ。椅子を見て」

克巳は机に触れないように気を付けながら奥へ回った。

「――なるほど」

椅子の背もたれに、血らしいものがべったりと広がっている。

「それって血でしょ」

「そうらしいな。しかし、大屋って先生の血とは限らない」

克巳は、椅子の背もたれをじっくりと眺めて、「――座っているところを撃たれたり、刺されたりしたにしては、血の広がり方がおかしいと思うね」

「じゃ、殺人事件ってわけじゃない?」

「それは何とも言えない。死体があるわけじゃないからな」

克巳は、机の上の物を一つずつ見たり、ハンカチを出して、引出しを一段一段引き出して覗いていたが、

「――特に、犯行があったと示唆《しさ》するようなものは見当らないな。しかし、肝心の本人の姿がないわけだから、可能性はある」

と言って、「——一旦ここを出て、外から一一〇番通報するといい。大学の事務へ知らせてもいいが、君の声を知っている人もいるだろう」

「ええ」

と、江美は肯いて、「ごめんなさい、わざわざ来てくれて」

「君の顔が見られれば、それで充分さ」

と、克巳は微笑んだ。

二人は大学を出て、公衆電話を見付け、克巳が一一〇番した。

「殺人があった」

とは言わずに、「傷害事件らしい」

とだけ言って切る。

「——その学生は大丈夫なのか？」

と、電話を切ってから克巳が訊いた。

「友だちがついてるわ」

「そうか。君、どうする？」

「私はどうでも……」

「ちょっと話でもしようか」

克巳の視線に、江美は頰を赤らめたのだった……。

そのホテルのラウンジへ入ると、すぐに奥のテーブルに京田久江の姿を見付けた。

「――お待たせして」

と、美香は会釈して椅子を引いた。

「いいえ。突然呼び出してごめんなさいね。――何を飲む？」

「コーヒーを」

と、美香はオーダーして、水を一口飲むと、

「それで、お話というのは……」

「ええ、あなたが、私のスナックのデザインをとても熱心にやって下さるんでね、ついでにもう一つ仕事をお願いしようと思ったの」

と、久江は言った。

「それはどうも。――すてきなお話で」

「でも、大した仕事じゃないの。期待させてこんなこと言っちゃ申しわけないけど」

「それはもう……。どんな細かいお仕事でもやらせていただきます」

美香はコーヒーが来ると、クリームだけを入れた。

「──あのね、私、前から思ってたの」

と、久江は言った。「あの人の仕事の場を、もう少し見映えのいいものにしたいって」

「仕事の場、とおっしゃいますと？」

「橋口の会社の社長室よ」

「ああ、分りました」

「ね？　会社へも色んなお客がやって来るじゃないの。中には大切な取引先とか、外国のお客とか。──そういう来客を迎えるのに、今の社長室じゃ、センスが欠けてるの」

「分りました」

「ぜひ、あなたのセンスで、ビジネスマンらしい印象を相手に与えるインテリアを作り上げてほしいのよ」

久江は楽しそうだった。

「それは、もちろん橋口様もご承知でいらっしゃるんですね」

「当然よ。昨日、その話をしたら、あの人も喜んでたわ」

「ありがとうございます。精一杯つとめさせていただきます」

と、美香は頭を下げた。

「思い立ったら、早い方がいいと思うの。明日でも、行って見て来てくれないかしら」

「かしこまりました」

美香は手帳を開いて、「じゃ、あの三橋さんとご連絡を取って、伺うようにいたしますわ」

「そうしてちょうだい」

久江は、少し間を置いて、「そのときにね、お願いしたいことがあるの」

「何でしょう？」

「明日、社長室の中を見せてもらって、あれこれ調べるでしょ？　どこに電話の差し込み口があるか、コンセントはどこにいくつあるか、とか」

「図面がおありでしょうから、それをお借りして……」

「そのときにね、これを――」

久江はバッグから小さな箱を取り出した。

「何ですか？」

「開けてみて」

紙の箱を開けると、美香は、金属の小さな塊のようなものを取り出した。

むろん、それが何かは美香も知っている。しかし、分らないふりをして、

「何ですか、これ？」

と、ふしぎそうに眺めた。

「それはね、盗聴機」

と、小声になって言うと、小さく笑って、

「——それを、社長室の中に仕掛けて来てほしいの」

美香は目を丸くして、

「これを……。でも、どうして？」

「分るでしょ？　あの人の浮気の防止よ」

大体、久江自身、「浮気」の相手なのだが。

「はあ……」

「それでも高性能なの。どこへでも仕掛けてくれたら、社長室の中の会話は筒抜け。当然、電話の方も必要」

と、もう一つ、もっと小さいのを取り出して、「これは、あの人の個人用の電話の受話器の中に」

「待って下さい。私、とても無器用で、そんなことは——」

「専門の人を一人つけるわ。その人を、インテリアの人だとか何とか言って、一緒に連れて入って」

「あなたは見てるだけでいい。その男がほんの数分でやってしまうわ」

と、久江は言った。「どう？　やってくれる？」

「あの……ご命令とあれば」

久江は笑って、

「いやね、『ご命令』だなんて！　私、お願いしてるのよ」

「――分りました」

「あなたなんか若いから、信じられないでしょうね。でも、男と女の間って、色んなことがあるものなのよ」

「そのようですね」

と、美香は言った。

内心、本当に呆れてもいた。

あの女子大生との待ち合せの電話などを盗聴しようというのだろうが、何と空《むな》しいことか。

こんなことをして、橋口に知れたら、たちまち橋口は久江から離れていくだろう。

「例の女子大生対策ですか」

「はあ……」

と、美香は言った。

「そう。当面はね」

と、得意げに言って、「——この料金の分、ちゃんと上のせしてちょうだい」

「かしこまりました」

自分が払うわけではないのだ。

その徹底ぶりには、美香もつい苦笑してしまうのだった……。

不信の時

「おはようございます」

と、美香は三橋元子と会って挨拶した。

「あら、どうも……」

元子は戸惑い顔で、「ごめんなさい。社長とお約束があったかしら？」

「いえ、京田久江さんのご依頼で」

「久江さんの？」

美香が、「社長室の改装を」という久江の話を伝えると、元子の顔から血の気がひいた。

「そんな話、伺ってないわ」

「そうですか。——じゃ、出直しましょうか？」

会社の受付である。人目もあり、出入りする客も多い。

「ともかくこちらへ」

と、元子は美香を空いた会議室へ連れて行った。「——ここで少し待って下さい」

「かしこまりました」

と、美香は言って、「あ、電気関係の技術者の方もみえるらしいんですけど——」

「受付で待っていただくわ」

元子は、怒りを抑えた声で言うと、出て行った。

美香は、少し待ってドアを開け、廊下を覗く。

もちろん、じっとしていても面白くない。その辺をうろついていても、何か訊かれたら、

「トイレを捜してて」

と言えばすむことだ。

コピー室のドアが開いていて、中からピッピッと電子音らしいものが聞こえてくる。

「私、もうやめようかしら」

という女性の声。

「ねえ。これで何人死んだ？」

「気持悪いわよね。呪《のろ》われてるんじゃない、この会社？」

こういう場所でのOLの会話に、会社の本当の姿が垣間《かいま》見えるものなのである。

美香は耳を澄ましていたが、人が来る気配にその場を離れた。

「——社長、それでは」

と、ドアの一つが開いて、中年の管理職クラスらしい男が出て来る。

橋口がここにいるのか。——美香はドアへ近付いた。そっとドアを細く開ける。

「——本当ですか」

元子の声だ。

「ああ。あんまりあいつがうるさく言うもんでな」

と、橋口が言った。「好きにさせとけ。どうせ、そう長いことじゃ——」

「社長」

「うん、分ってる」

「いいえ。お分りになっていません！」

元子の声が怒りで震えた。

「おい、元子——」

「社長はお分りではありません」

「何のことだ」

「社長が外で何をなさろうと、私は一切口を出さずにいました。久江さんが、私のことをまるで自分の秘書か召使のように扱うのにも辛抱して来ました。私は社長の秘書で、社外の出来事に、私が口を出すべきではないと思ったからです。でも――この会社の中のことについては、黙っているわけに参りません！」

「元子……。怒ってるのか」

「当り前です！　もちろん、社長に怒っているのではありません。久江さんに対して怒っているんです。――社内のことでは、あの人に何も言わせません！　社長室の内装がどうでも、あんな人にとやかく言わせません！」

段々声が高くなって、最後はほとんど叫ぶようだった。

「分った。――分ったから、落ちついてくれ」

と、橋口があわてて言った。

「どうして私にひと言もおっしゃらずに、あの人の自由にさせるなんて約束なさったんですか！　私じゃ不足ですか！」

泣いている。――美香は、元子の、長い間抑えに抑えていたものが、小さなきっかけで爆発したのだと思った。

「そんなわけがないだろう。――悪かった。な、許してくれ」

橋口は、当惑しながらも、懸命に元子を慰めている。「俺が悪かった。な、久江にはちゃんと言うから」

「社長……。すみません」

元子がしゃくり上げながら、「取り乱してしまって……」

「いいんだ。――いや、君が本気で怒るのを初めて見た」

「社長……」

「俺のことを思って、そうやって怒ってくれるのか。こんな浮気者のことを」

「ああ……。社長……」

そっと覗くと、元子が橋口を抱きしめて激しく唇を押し付けている。

橋口が、元子を会議机の上に押し倒した。書類のファイルが床へ落ち、湯呑《ゆの》み茶碗も落ちて割れた。

――美香は、そっとドアを閉めると、立ち去ろうとして、ドアの表示を、〈使用中・入るな〉にして、ちょっと微笑んだ。

若い男性社員がやって来て、

「あ、社長、中においでですか」

と、美香に声をかけた。

「今……打ち合せしたところですの。でも、当分お入りにならない方が」

「しかし、ちょっと急ぎの用が――」

「私、今一発殴られたんです」

と、美香は頭をさすって、「まだ少しクラクラしますわ」

「殴られた？」

「ええ。ご機嫌直るまで少し待った方がいいと思いますけど……」

男は青くなって、

「そうします……」

と、引き返して行った。

美香が受付へ戻ってみると、作業服姿の若い男が人待ち顔に立っている。

「あ、京田久江さんの……」

「ええ。依頼で来たんですけど。早川さんですか」

「そうです。あのね、ちょっと待って下さいって言われてるの」

「分りました。じゃ、そこの椅子にかけてますよ」

と、男は作業鞄《かばん》を手に、肯いて言った。

「よろしく。呼びに来るわ」

と、美香は言って、会議室へと戻って行った……。

「──お待たせしてごめんなさい」

三橋元子が顔を出したのは、三十分近くたってからだった。

「いいえ」

「あら、お茶も出してなかった？　ごめんなさいね」

元子はすっかり落ちついている。

「そんなこと……。どうしましょうか、社長室の内装のこと」

「ええ。あなたの方も困るだろうし、一応、中を見て、プランを立てて」

「分りました」

「でも──その通りにするかどうかは分らないわよ」

と、元子は言った。「そのときも、今日の費用はちゃんとこちらで払うから」

「ありがとうございます。じゃ、社長室へ入れていただきます」

「ええ、どうぞ」

と、元子は先に立って、案内してくれる。

途中、受付であの作業服の男を拾って、社長室へ。

「──じゃ、適当に見ていって」

と、元子はドアを開けて言った。

「久江さんには――」

「何も言わないで。私の言ったことはね」

「分りました」

元子が出て行くと、男はバッグを開け、

「装置は？」

「預ってるわ」

美香が、久江から預った盗聴機を男へ渡すと、

「電話とコンセントだな、一番オーソドックスにいくと」

「それでいいと思うわ」

美香は、社長室の中を見渡した。

確かに、趣味がいいとは言いかねる。その点は久江の言う通りだが……。

美香が簡単なアイデアスケッチを仕上げている間に、男の方は手早く仕事をして、

「すんだよ」

「早いのね。でも、待ってて。そうすぐに帰っちゃおかしいわよ」

「いいよ。――こういう作業は時間との競争さ。部屋の主が二、三分しか空けないこともある。その間にすべてすませないとな」

「大したもんね」

「商売だよ」

男は、バッグから取り出した探知機のアンテナを伸して、スイッチを入れた。

針が振れる。

「――OK。ちゃんと入ってる」

と、男は言って、「ここへ、前にも誰かが？」

と、美香へ訊いた。

「え？」

「いや、前にも同業者が入ってるんじゃないかな」

美香は眉をひそめて、

「それって――盗聴機が仕掛けてあるってこと？」

「たぶんね。さっき、受付の所で待ってたときに、これのスイッチを入れてみたら、反応があったんだよ」

「そう……」

美香は、少し考えていたが、「――じゃ、もう引き上げましょ」

と、ノートを閉じた。

社長室を出ると、美香は、

「ちょっと来て」

と、男をさっきOLたちの話を立ち聞きしたコピー室へ連れて行った。

今は誰もいない。

「ここ、測ってみて」

と、美香は言った。

「OK」

男は探知機を取り出してスイッチを入れた。

「――盛大に振れてるよ」

美香も覗くと、メーターの針が大きく振れている。

「やっぱりね」

美香は、更に給湯室、そしてトイレでも測ってみた。

「どうなってんだ、この会社?」

と、男が笑った。

測ってみた場所、すべてで針が大きく振れたのである。

「——あ、ご苦労様」

と、元子がやって来た。「もう終ったの？」

「ええ、一応戻って図面にしてみます。イメージ画ができたら、お持ちしますわ」

「よろしく。でもね、急がなくていいのよ」

「はい」

「そう、暇なときに、ついでにやってくれればいいの」

と、元子は言った。

「——失礼します」

美香は、笑顔で会釈して、オフィスを後にした……。

「お帰りなさい」

と、河野恭子が顔を上げる。「いかがでした？」

「そうね」

美香は自分の席に座ると、「えらく疲れたわ」

「じゃ、何か飲物でも？」

「いいわ。——私、今日はもう帰る」

「あら。具合でも悪いんですか」

「ちょっとね……」

美香は、電話へ手を伸した。

「——はい、早川です」

「岐子《みちこ》さん？　美香よ」

「あら、珍しい」

兄、圭介の妻、岐子である。

「今日、兄さんは？」

「七時ごろ帰るって」

「じゃあ——夕ご飯、ごちそうになっていいかしら」

「ええ、もちろん！」

「裕紀ちゃんの顔も見たいしね」

「嬉しいわ。待ってるわよ」

「六時ごろ行くわ。ワインでも買って」

と、美香は言った。

恭子が冷やかすように、

「——お珍しいですね」

「私も年齢《とし》かな」

と、美香は言った。「幸せな普通の家庭を見たくなるの、時々」

「結構ですね。ご自分もお作りになれば？」

「一人で作れりゃ作るわよ」

と、美香は笑って、「じゃ、先に帰るわ。あなたも適当に帰っていいわよ」

「はい」

「何か急な連絡があっても、つながないで。どこへ行ったか分らないって言っといて」

「かしこまりました」

美香は、手早く仕度をして、オフィスを後にした。

恭子は、一人になると首を振って、

「何があったのかしら」

と、呟いた……。

「はい、裕紀ちゃん、アーンして」

と、岐子がスプーンで冷ましたグラタンを口へ入れると、一歳になったばかりの「裕紀ちゃん」がおいしそうにせっせと口を動かす。

「——日に日に大きくなる感じだよ」

と、早川圭介が笑って言った。「アッという間に、俺たちを追い越して行くんだろうな」

「まだまだ、幼稚園だの小学校だの、手間のかかることが山ほどあるわ」

と、岐子が言った。「美香さん、食べてね。私は、この子に食べさせてからでないと、ゆっくり食べられないから」

「ありがとう。いただいてるわ」

と、夕食をごちそうになりに寄った美香は微笑んで、「とてもおいしいわ」

「そう？　どうしてもこの子に合せて作っちゃうんで、柔らかいものばっかりになっちゃうの」

と、岐子は笑って、「あ、良かったらおかわり——」

「自分でやるから」

美香は、二杯目のご飯を自分でよそって、

「——兄さん、このところは？ 忙しいの？」

と訊いた。

「忙しいったって、こっちは先生の使い走りみたいなもんだからな」

と、圭介は言った。「お前の方はどうなんだ？」

「まあまあね」

——圭介は、美香の少し沈んだ様子に、気付いていた。

何かあったな。

しかし、兄にもあまり弱味を見せることのない美香である。

「——ごちそうさま」

と、食べ終って、美香は、「片付けだけでも手伝わせて。作る方じゃ役に立たないんだから」

「いいのよ！ 私、やるから。——あなた、美香さんにコーヒーでも淹れてあげてちょうだい」

「うん。おい、ソファで休んでろ」

美香は素直に言われる通りにした。

「ちょっと待ってろ。今、淹れてる」

圭介はソファへやって来ると、「何か相談でもあって来たのか？」

「違うわよ。ただ……何となく幸福な家庭ってのを見たくなって」

「そうか」

「——実はね」

と、美香は言った。「仕事で入ったオフィスの中に、盗聴機がいくつも仕掛けてあったの」

「スパイか？」

「違うわね、あれは。女子社員のおしゃべりとか、噂話を聞いてるのよ」

「何のために？」

「たぶん……社長が、社員の管理のために、仕掛けてるんだと思うわ」

「そうか。最近よく聞くな、そういう話は」

「人を信じるって気持がどこへ行っちゃったのかしらね。——社長が社員の話を盗み聞きする。そんな会社で、いい仕事ができるのかしら？」

圭介は、どこか痛々しい思いで、妹の言葉を聞いていた。

美香は、インテリア・デザイナーでもあるが、同時に詐欺師でもあるのだ。

人を騙すのが商売の美香が、「人を信じられない」ことを嘆くのは、妙なものかもしれない。

しかし、詐欺師でさえ呆れるほどに、今の世が人間同士、不信に満ちているということでもあるだろう。

美香自身、自分のしていることに、いやけがさして来たのかもしれない。

「――変ね」

と、美香は笑って、「もともと、人間を信じてない私なのに、どうしてこんなことでショックを受けるのかしら」

「いや、お前は人を信じてるんだ」

「私が？」

「そうさ。母さんを見ろ。あの母さんの子だぞ。昔ながらの、恩義とか人情とか、そういうものを信じたいって気持が、俺たちの根っこにあるんだ」

圭介の言葉に、美香は言い返すこともなく、黙って考え込んでしまった。

「――待ってろ。コーヒーを持ってくる」

圭介は、コーヒーをカップへ注いで居間へ運んで来ると、

「ブラックでいいよな」

「うん。――ありがとう」

美香がコーヒーを一口飲んで、「おいしい！」

と微笑んだ。

「お前――恋人はいないのか」

と、圭介が訊くと、美香はちょっと赤くなって、

「何よ、いきなり」

「いや、いてもおかしくないだろ」

「お見せするほどのものが手に入ったら、見せに来るわよ」

と、美香は、照れ隠しの笑いにごまかして、言った……。


「聞いた？」

と、同じ演劇部の子に言われて、

「何を？」

図書館で調べものをしていた橋口淳子は顔を上げた。

「昨日、また警察が来たって」

「――何があったの？」

一瞬、淳子はあのやさしくて面白い刑事、早川正実のことを思い出していた。

「大屋先生が行方不明だって」

「大屋って――犯罪心理学の？」

「ていうより、女たらしの、ね」

淳子は思わず笑って、

「噂はよく聞くよね」

「本当らしいわよ。昨日も、誰かを薬でボーッとさせて、ものにしようとしたんですって！」

「本当？」

淳子は、目を丸くして、「いくら何でも先生が――」

「甘い甘い。女子大生なんて、軽く見られてるからね。用心するのよ、淳子も」

「はいはい」

と、淳子は言った。「それで？」

「あわやってところへ誰か来たんですって。でも、それが誰か分らない」

「で、大屋先生の姿が消えたの？」

「うん。しかも、先生の部屋の椅子に血がべっとり……」

「やめてよ」

「本当なんだってば！」

「本当でもいやよ。——あんな事件があったのに」

「あ、そうか。淳子、講堂での殺人犯を見たんでしょ」

「まあね」

——その当の「犯人」が死んでいるということは、言わなかった。

言いたくない、という気持が強かったのである。

「あ、行かなきゃ。淳子、まだ何か調べてるの？」

「もう少し」

「じゃ、お先に」

「うん、さよなら」

淳子は一人になってホッと息をついた。

以前なら、あんな話に夢中になって耳を傾けたかもしれないが、あの河原という男が殺

されて、その妻と子がいると聞いて、

「人が一人死ぬ」

ということの重さを、つい考えてしまうのだった。

「あーあ……」

何だか、身が入らなくなってしまった。

図書館の中は、人がいるのかどうかと思うほど静かだ。

最近の学生は——と、淳子が嘆くのはおかしいだろうが——さっぱり図書館を利用しない。

淳子は、本に囲まれている雰囲気が嫌いではないので、時々こうしてやって来て、レポートを書くのに使うこともあるのだが、授業が終ってから寄る子は本当に少ないのだ。

「帰ろうかな」

と呟いて、本を閉じる。

本を棚へ戻そうと、天井まで届く書棚の間を歩いていく。

「——どこだっけ」

本のラベルのナンバーと、棚のナンバーを比べて、「こっちだ」

思い出した。この奥の棚だ。

淳子は、スライド式のはしごを動かして、それを上ると、本を元の位置に戻した。
「これでよし、と」
はしごを下りて、何だか手が濡れた感じなので見ると——足が止った。
「これ……血?」
手が赤く濡れている。
けがでもしたのかと思ったが、どこにも傷はない。
淳子は、天井の方を見上げた。
書棚の上——天井とのわずかの隙間から、何かがはみ出ている。
あれは……。
やがてそれが何なのか分ると、淳子はあわてて駆け出していた。
あれは手だ。人の手が、覗いている。
そして手についた血……。
いやだ! どうして私がこんなものを見付けるの?

「——ごめんなさい」
と、淳子は、図書館の前で、早川正実を迎えて言った。

「謝ってるの？　どうして？」

「ただ一一〇番すれば良かったのに、わざわざ早川さんを……」

「そんなこといいんだ。——案内して」

「はい」

淳子は、どうしても正実に知らせたかったのだ。

知らない刑事が来て、淳子のことをあれこれ調べたりする。——そんなことが耐えられなかったのだ。

あの人なら——早川正実さんなら、私のことを分ってくれている……。

正実が、図書館の司書の女性に話をして、

「他の警官が来たら、呼んで下さい」

「はあ……」

わけが分らず、司書の女性は目をパチクリさせていた。

——正実は、はしごを上って、その書棚の一番上まで上った。

「——間違いない。男の死体だ」

と、下りて来る。

「どうしてこの学校の中で何人も……」

「ショックだろうけど、落ちついて。——まず死体を下ろして、誰なのか確かめないとね」

「きっと大屋先生だわ」

「誰？」

淳子が、昨日の出来事を話すと、

「知らなかったな。——うん、確かにそういうタイプだけど」

「でも、どうしてこんな所に——」

「そうだな。あんな高い所、上げるだけでも大変だと思うけど」

「あの……私がやっぱり見なきゃいけないんですか？」

「いや、誰か分る人を呼んで来てくれないか。事務室の人とか」

「はい！」

淳子はホッとして、図書館から外へ出た。

電話でもかければすむことだが、今は早く「死体」から少しでも離れたかった。

事務室へ行って事情を話すと、後は淳子が何もしなくても、大騒ぎになった。

——三十分後には、書棚の上から死体が下ろされ、事務室の人が、それが大屋先生だと確認した。

淳子は、帰っていいと正実から言われていたが、何となく図書館の前で待っていた。

――時間は過ぎて、辺りは暗くなりかけている。

図書館の前に、パトカーや救急車が停っていても、学生は大して気にもとめずに通り過ぎて行く。

「やあ、君は……」

と、声がして、振り向く。

「あ……。早川さんの――」

「うん。正実の兄だよ」

と、克巳が言った。「何ごとだい？」

「あの――死体が」

「何だって？」

克巳は、淳子の話を聞くと、「――この中に？」

「ええ。もうびっくりして――」

そこへ、正実が出て来た。

「何だ、兄さん」

「正実か。――また死体が？」

「うん、ここの教官でね」

「他殺……だな、当然」

「刺し殺されてる」

と、正実は肯いて、「でも、どうしてわざわざこんな所へ運んで隠したのか」

「私、帰ります」

と、淳子が言った。

「送ろう」

と、正実が言うと、淳子は目を輝かせて、

「はい！」

と言った。

――おやおや。

克巳は、この女子大生が正実に寄せる思いに気付いて苦笑した……。

顧問

「やっぱり……」

と、原島信子が言った。

「やっぱりね」

「やっぱり……」

誰か、ちっとは違うことを言えばいいと思うのだが、今はその一言しか出て来ないのだった。

「──同じこと言い合ってても仕方ないよ」

と、田所江美は言った。「これからどうするか、考えはないの？」

みんな顔を見合せる。

「──私、もうやんなっちゃった」

と、一人が言った。「顧問の先生が、メンバーの学生に手出そうとして、殺されたなんて」

「恥ずかしいよね」

誰もが肯き合う。

「それは同感よ」

と、江美は言った。「でも、大屋先生のことと、この〈犯罪研究会〉の目的とは全然別じゃない」

「でも、イメージが……」

「ねえ」

誰も口には出そうとしないが、〈犯罪研究会〉を解散しようという意見の子が多いことは確かだった。

——大屋の死体が、大学の図書館で見付かった翌日。

大屋を顧問にしていた〈犯罪研究会〉のメンバーは、昼休み、緊急の会合を開いていた。

「〈犯罪研究会〉の顧問が、犯罪を犯しかけて、しかも殺されちゃったって……。無茶苦茶だよな」

と、村井定夫《さだお》が言った。

「分ってるわ、そんなこと」

と、江美は苛々して、「今はこの会をどうするかって話をしたいのよ」

「つまり、解散するかどうか、ってことよね」

と、原島信子が言った。

「ま、単純に言えばね」

「じゃ……多数決にする？」

みんなが顔を見合せる。――やめるのも残念だけど、だからって、「続けよう」と言い出すと、何かやらされそうで……。

大体そう考えていることはお互い、見当がついた。

「――待って下さい」

と、手を上げて言ったのは、早川リル子。

「リル子さん、意見？」

「ええ。――私、分りません。みっともないとか、恥ずかしいとか。私たちが何か悪いことしたわけじゃないんですよ」

「それはそうよね」

「私、これって凄くいい機会だと思ってます。だって、私たちの身近で犯罪が起ったんですよ！　大学の先生と学生の関係はどうあるべきか、とか、テーマにすること、いくらもあるんじゃないですか」

と、リル子は言った。「それに、殺人事件がこの大学の中で起ったんですよ！　私たちで犯人を見付けてやろうって思いません？」

江美は、リル子の「プラス思考」に感心した。

「そう。私も同感よ。恥ずかしいったって、私たちが大屋先生を殺したわけじゃなし、これって最高の実習だわ」

みんなの雰囲気が変って来た。

そして、信子が、

「じゃ、ともかくこの研究会は――」

と言いかけたとき、

「やめないで下さい」

という声がした。

――仲村里加が、立っていたのである。

「里加、大丈夫？」

と、信子が立ち上る。

「ええ」

里加はしっかり肯いて、「リル子さんの意見に賛成！　大屋先生の悪い点は悪い点として、だからって殺していいわけじゃないわ。私たちで、〈犯罪心理〉の面から推理して犯人を捜してみましょうよ」

みんな、「それも面白そう」と思い始めていた。

「じゃ、みんな賛成？　――反対の人は？　いないわね。ＯＫ！」

と、信子は力強く、「では、ただいまより、〈大屋助教授殺人事件捜査会議〉を開きます」

「いつ、そんなもの、できたの？」

「今よ」

笑いが起る。

里加が元気で姿を見せたのが、みんなの気持を明るくした。

「じゃ、捜査方針を決めましょ」

と、信子がみんなを見渡して、「意見のある人は？」

「こうしたらいいんじゃないかと思うんですけど」

と、リル子が手を上げた。

「言ってみて」

「二、三人ずつで班を作って、それぞれ違う面から事件を検討するんです」

「どんな風に？」

「動機、方法、証拠……。もちろん、警察と同じことはできません。でも、この大学にいる私たちの方が有利ってこともあります」

「そうだわ」

と、信子が言った。「大屋先生のこれまで付合った女の子が誰かとか、大学の中で先生を嫌ってる人は誰かとか……」

「どっちも、あんまり多すぎて分んないかもね」

と、一人が言って、大笑いになった。

死んで笑いのタネになるというのは、その程度の評価しかされていなかったということであろう。

「じゃ、早速、担当を決めましょ」

と、信子が言った。「江美はどう思う？」

「もちろん賛成よ。でも、その前に考えなきゃいけないことが一つあるわ」

「何のこと？」

「研究会には顧問が必要ってこと。大屋先生の代りを捜さないと」

「そうか！　忘れてた」

「誰かいる？　――これって先生、いないね」

しばらくみんな考え込んでしまったが――。

「ね、リル子ちゃん」

と、信子が言った。「あんたのご主人、私たちの顧問になってもらえないかしら」

リル子が目を丸くしている。

「だって――現職の警官ですよ！」

「肩書だけってことで、どう？　もちろん、捜査の情報を洩らしてくれなんて言わないから」

「だって、早川さんは先生じゃないのよ」

と、江美は言ったが、「――そうか。先生になってもらえばいいんだ」

「先生に？」

「非常勤講師。――肩書だけで、講義を一コマも持ってなければ、お給料もゼロ。でも、一応〈先生〉だわ」

「それ、いいアイデア！」

と、信子が手を打って、「――ね、どうかしら？」

「はあ……」

リル子は、何と答えていいか分らず、途方にくれるばかりだった……。

「──失礼いたします」

と、部長が出て行くと、

「これで午前中は終りだな」

と、橋口は言った。

「はい」

三橋元子はファイルを開けて、「十五分ほどありますが、午後の分をくり上げますか」

「いや、ひと休みしよう」

橋口は社長の椅子の中で寛ぐと、「コーヒーでも淹れてくれ」

「はい」

元子が、サイドボードを開けて、コーヒーを淹れると、社長室の中に、コーヒーの香りがたちこめる。

「いい匂いだ」

橋口は立ち上ると、元子の後ろへ寄って、その腰を抱いた。

「社長……。誰か来たら……」

「鍵《かぎ》をかけとけ」

「でも……」

「いやか？」

いやなはずがない。

元子は橋口の手を解くと、社長室のドアをロックして、

「いやではありませんが、自分を失うのが怖くて」

と言った。

「君が自分を失ったところは可愛い。本当だよ」

「社長……」

元子は橋口の腕の中に崩れて行った。


「——何が『社長……』よ！」

京田久江は、カッカして一人で喚いていた。

社長室に仕掛けた盗聴機が拾った音を、テープに入れてある。

それを、持ち帰って聞いているのだが、聞こえて来たのは、橋口と元子の「熱い声」だ

った。

久江は、元子がそんな女だとは思ってもいなかったので、ショックだった。

「あの女！ ——今に見てらっしゃい！」

と、久江は頭に来ながら、テープに入った会話に耳を傾けていた。

「——それで、あっちは大丈夫そうなのか」

と、橋口が言っていた。

「ご心配いりません。とても腕がいいと保証してくれています」

と、元子が答える。

「そうか。時間がかかると——」

「一週間以内の約束です」

「一週間か」

「ちゃんと前金も払いました」

「そうか……。長い一週間になりそうだ」

と、橋口は言って、「——もう昼休みだな」

「お食事はどうなさいますか」

「うん……。ちょっと出てくる」

「何時に戻られますか」

「二時だな」

「かしこまりました」

あの女子大生だわ、と久江は思った。ふん、こりないわね。もう少しおどかしてやろう。

「元子」

と、橋口は言った。「俺は――」

「何もおっしゃらないで下さい。知れば嫉妬もします。知らなければ、大方一人でカラオケでもやって来られるんだろうって、自分へ言い聞かせますわ」

「ありがとう」

「早くお出かけ下さい。お帰りが遅れると、仕事に差し支《つか》えます」

「分った」

橋口は出かける仕度をしたらしい。「お前は久江と大違いだな」

と言った。

「――何よ、悪かったわね」

と、久江はテープに向って悪口を言った。

「ご辛抱を」

「うん。――一週間だな」

「一週間以内ですから」

「行ってくる」

「行ってらっしゃいませ」

ドアの音。――橋口は出かけたらしい。

その後は、元子も社長室を出て行ったらしく、テープは止っていた。

「フン！　いい気なもんね」

と、久江は毒づいた。「今に見てらっしゃい」

しかし、久江がちょっと気になったのは、

「一週間以内」

という言葉がくり返し出ていたことだ。

特に最後のやりとりでは、

「ご辛抱を」

と言った元子へ、

「一週間だな」

と返している。

あれを聞くと、「一週間以内」というのが久江自身に関係あることのようにも思えるのだが……。

「――ま、いいわ。今にギャフンと言わせてやる」

と、久江は言って、テープを巻き戻した。

久江は、時計へ目をやった。

もう八時か……。

面倒だが、今は冷蔵庫も空だ。

久江は、出かける仕度をして、マンションの部屋を後にした。

出かけるといっても、近くのソバ屋。

橋口と一緒のときは、フランス料理のようなこってりしたものを食べているので、一人のときはソバくらいがちょうどいい。

マンションを出て、通りを渡って行く久江を、車の中から克巳が眺めていた。

「あれで間違いない」

まず人物の確認。

似た別人を殺したら悲劇である。

しかし、あれで一千万なら楽な仕事だ、と克巳は思った。

何しろ相手は、自分が「殺される」などとは思ってもいない。まるきり無警戒。これなら事故に見せかけて殺すことができるだろう。

「一週間以内だ」

と呟くと、克巳は久江がソバ屋に入って行くのを見て、ニヤリと笑った。

猟師と獲物

数枚の写真を前に、そのＯＬはしばらく考えていた。

そして、その内の一枚を取り上げると、

「この人だと思います」

と言って、早川正実へ渡した。

正実は、「やった！」と小躍りしたいところだったが、さすがにそれはやめておいた。

「ありがとう」

と、正実は言った。「これで捜査は前進します」

「お役に立てて良かった」

二十八歳の、落ちついた感じのＯＬである。

「私、証言する必要はあるんでしょうか」

「そうなるかもしれません。――法廷で、証言していただけますか？」

「必要ならいたします。間違いなくその人だと言い切れると思います」

正実は頭を下げて、

「どうもありがとう。ご足労いただいて」

「いいえ。どんな相手でも、殺していいってことはありませんものね」

――その目撃者が帰って行くと、様子を見ていた広川刑事がやって来て、

「いい目撃者を見付けたな」

と、正実の肩を叩いた。

「見てくれ！　この中から選んだんだよ！」

正実が他に用意したのは、かなり似た印象の女性たちの写真だった。

「うん。その場の雰囲気でコロコロ変る目撃者もいるからな。その点、あの女性は冷静沈着で、説得力がある」

正実は、殺された河原泰男の事件を追っていた。

「殺し屋」としての河原の仕事については、妻もほとんど知らなかったようだが、このところ、同じ依頼主の仕事をすることが多かったらしい。

その直接会っていた相手が女性だったということ、一、二度、妻も見かけたことがあるというので、大方のイメージを聞いて、正実の頭に浮んだのが、大月英治《えいじ》が殺されたとき、

居合せた女――三橋元子だった。

そこへ、河原が殺されたとき、現場近くを歩いていて、逃げる女とぶつかりそうになったというＯＬが、連絡して来た。

正実は、三橋元子の写真に、よく似た女性の写真を何枚か並べて、そのＯＬに選ばせた。

そして、彼女は間違いなく、三橋元子の一枚を選び出したのだった。

「――しかし、この女だって、普通の会社員だろう」

と、広川が言った。「何だって、殺し屋を殺したりするんだ？」

「そりゃ、河原がＫ大で大月を殺したとき、顔を見られたからさ」

「だからって、殺しのプロを自分の手で殺すなんて、大胆なことをやったもんだな」

「そのために、また殺し屋を雇ってちゃ、きりがないものな」

と、正実は言った。

「そりゃそうだけど――」

「見れば納得するよ。実物はもっと意志の強い感じの女だ」

と、正実は言った。

「すぐ捕まえるのか？」

「すぐには無理だな。あの証人だけじゃ、有罪にはできないよ」

正実は、三橋元子の写真を眺めて、「どうして、わざわざ殺し屋を使って、自分の社の社員を殺させたのか、突きとめてやる」

と言った。

「――早川、電話だ」

と呼ばれて、席へ戻ると、

「はい、早川ですが」

「早川正実先生でいらっしゃいますね」

と言われて面食らう。

「先生……」

「こちら、K大事務室でございますが」

「はあ」

「この度《たび》は、本学の非常勤講師をお引受けいただきまして、誠にありがとうございます」

「は……」

「つきましては、本学への交通費の支給についてでございますが」

「はあ」

「何線を使って、どの駅から乗られるか、お伺いしたいのですが」

正実はただ呆気《あっけ》に取られているばかりだった……。

「この見積りじゃ、先方へは言えないわ。見直して」

と、美香は言った。

「しかし、色々事情が――」

「事情は事情。お客様に、業界の都合は関係ないわ。そうでしょ」

電話の向うで、業者が苦笑しているのが目に見えるようで、

「早川さんにゃかなわないや」

「根拠をはっきりすればいいの。『察して下さい』じゃだめなのよ」

と、美香は言った。

「分りました。じゃ、見積りを取り直してまた――」

「よろしくね」

と、美香は電話を切った。

「コーヒーでも？」

と、河野恭子が言った。

「ありがとう。でも、もうじきお昼でしょ」

美香は、机一杯に広げたインテリアのスケッチを眺めて、「もう一つ、ピンと来ないわね」

と、ため息をついた。

「悪くないと思いますけど。――これなんか実用的だし」

「そう思う？」

美香が嬉しそうに、「私も、この中じゃそれが一番ましかなと……」

美香も、デザインを考えるときは孤独である。ものを作る人間は、たとえ百人、千人の部下を使っていても、「作り手」としては「一人」なのだ。

ほめてほしいし、自信をつけてほしいのである。

「――これでいくか」

美香もその一枚にしようと思っていた。恭子が一言、押してくれて自信がついたのだ。

「あら……」

と、恭子が、オフィスのドアを開けて覗いた顔を見て、「何か……」

「ああ、あなた」

美香は立ち上った。「入って」

「すみません」

女子大生、今野エミだ。

「何かご用？　――お昼でもどう」

と、美香は言った。「まだ食べてないんでしょ？　じゃ、行きましょうよ。――お願いね」

「はい」

と、恭子が肯く。

美香は、エミを連れて、近くのパスタのおいしい店へ行った。

「――もう少しすると、若い子たちでドッと混むの」

と、美香は言った。「――何か私に話でも？」

「この間のお礼と、それから……」

エミは少し迷って、「――橋口さんとのこと、悩んでるんです」

と言った。

「そう」

「でも、相談する人もいないし。――ごめんなさい。早川さんも関係ないのに」

「美香と呼んで」

先にコーヒーを一口飲んで、「しっかり食べて、話をしましょ。人間、お腹が空いていると不機嫌になり、やけになるわ」

エミは笑って、

「食欲は落ちないんです。恋の悩みじゃないのかなあ」

「十八なら、それが当然。親が死んでも、お腹は空くのよ」

美香は少し間を置いて、「実はね――」

「はい」

「あなたに会う機会があったら、言おうと思ってたの」

「何ですか？」

「橋口さんとは別れた方がいいわ」

エミは絶句した。

「どんな相手でも、好きになることはある。でも、付合い続けると、相手のレベルにどうしても合せていくことになるの。――高い方へ合せるならいいけれど、橋口さんの場合は残念ながら……」

「でも、優しいですけど」

「会ったときだけ優しくするなんて、簡単なことよ」

と、美香は首を振って、「それが一生続けば、離婚する人はいなくなるわ」

「何かあったんですか」

美香は少し考えていたが、

「——ふとしたことで、分ったの。橋口さんの社のトイレや給湯室、ロッカールーム。ともかく社員があれこれおしゃべりする場所に、盗聴機が仕掛けてあるってことが」

「盗聴機？」

「社員管理のために、経営者が今、そういうことをするらしいわ。でも、プライベートな会話を聞いて、クビにしたり、左遷したりじゃ、卑怯《ひきょう》じゃない？」

「ええ……。それを橋口さんが？」

エミも顔がこわばっている。

「他にいないでしょ」

と、美香は言った。「人間として、許せることと、許せないことがある。——私なら、どんなに恋いこがれた相手でも、そういう男と付合って、自分まで卑劣な人間になるのはいやだわ」

——エミはしばらく黙っていた。

スパゲティが来て、

「悪いわね。食べてから話せば良かった」

「いいえ」

と、エミは言った。「しっかり食べます！」

実際、エミはスパゲティをきれいに平らげてしまった……。


「どんな具合でしょう？」

と、元子は言った。

「二、三日の内に片付く」

「ありがとうございます」

と、元子は言った。「久江さんにはほとほと社長も手を焼いていて――」

「待て」

元子は社長室で電話を取っていた。

「何か？」

「雑音が入る。切って、その電話を調べてみろ」

「え？」

通話が切れた。

元子は、手にした受話器をいぶかしげに見てから、送話口のカバーを外した。

元子の顔色が変る。

「——どうした？」

橋口が入って来る。

元子は、

「お帰りなさいませ」

と言って、受話器を指さす。

「何だ？」

と、近寄って、橋口が目をみはった。

元子は受話器をそのまま置いて、社長室から橋口を連れ出した。

「——盗聴機です」

「うん」

「社長室に！——久江さんですわ、きっと！」

「他に考えられんな」

「何てことを！」

「すると——あいつにばれているってことか？」

「さあ……。あの中で、その話をしたかどうか」

今の電話も聞かれていたと思わねばなるまい。

「——急いでもらいます」

と、元子は言った。


ちょうど、今の通話を久江は聞いていたところだった。

テープは、外に停めた車の中で回っているのだが、今、久江はその車の中に座って、流れてくる声を聞いていた。

「——二、三日の内に片付ける?」

久江は、今、自分の名前が出ていたのを聞いて、愕然としていた。

片付ける。

それって——殺す、ということ?

久江は真青になった。

まさか、橋口がそこまで考えているとは思わなかったのだ。

久江はその車をあわてて出た。

——殺される!

一旦そう思うと、まるでギャングの一味に追われているような気がして、

「一一〇番だわ！」

と、駆け出していた。

——克巳は、久江があわてて駆けて行くのを車の中から眺めていた。

「二、三日の内じゃなかったな」

と、車をスタートさせ、「二、三分の内だった」

SOS

「お巡《まわ》りさん！」

久江は、広い通りへ出た所で、自転車に乗ってやって来た警官を見付けて、駆け寄った。

「助けて！　殺される！」

いきなり腕をつかんだので、警官は自転車ごと引っくり返ってしまった。

「――何するんだ！」

と、頭に来て、「危いじゃないか！」

「危いのは私の方なのよ！」

と、久江は言い返した。「狙われてるの。私のこと、守ってよ！」

「誰に狙われてるっていうんだ？」

「それは――誰か分らないけど、確かなの。間違いないのよ。電話でしゃべってるのを聞いちゃったんだもの」

「電話で？」

「盗聴してたの。私ね、あの人が他に女をこしらえてるって分ったんで、頭に来て……」

「何の話だね。――言いたいことがあれば、警察へ行って、ちゃんとよく分るように話しなさい」

と、自転車を起して、「急いでるんだ。相手してる暇はないんだよ」

行きかけるのを久江はしがみつかんばかりにして、

「待ってよ！　あんたお巡りさんでしょ！　私を守る義務があるのよ！」

高飛車に出て、ますます印象を悪くされていることにも気付かない。

「いい加減にしてくれ！　どこに人殺しがいるっていうんだ？」

と、警官の方もカッカしている。

「どこか――この辺よ。私のこと、『二、三日以内に片付ける』って言ったわ」

「じゃ、せいぜい用心してくれ」

警官は、久江の手を振りほどいて、「忙しいんだ！　わけの分らんことを言って、困らせるな」

と言い捨てると、自転車をこいで行ってしまう。

――克巳は、車を停めると、その様子を眺めて面白がっていた。

久江は、その警官へ、

「何よ！　どうして放ってくのよ！」

と、喚いていた。「私が殺されてもいいっていうの！」

真昼間である。人通りも多いが、みんな何ごとかと振り向きながら、それでも笑って行ってしまう。

久江は焦っていた。――せっかく見付けた警官を行かせてなるものかと思った。

そして――とんでもない行動に出たのである。

克巳もびっくりした。

女の悲鳴が上った。

だが、それは久江の声ではなかったのである。

「何するの！　うちの子を――」

「ちょっと借りただけよ！」

久江は、ちょうど目の前を通りかかった、三つぐらいの女の子の手を引いた母親を見て、突然駆け寄ると、母親の手からその女の子を奪い取ってしまったのである。

「こっちを見なさいよ！」

と、久江は怒鳴った。

自転車で行きかけた警官が振り向くと、びっくりして、また転んでしまった。

当然、子供は泣き出す。——周囲の人たちがみんな足を止めたと思うと、何か凶悪な事件に出食《でく》わして、巻き添えになるのを恐れているのか、あわてて駆け出して行って、辺りからはサーッと潮が引くように人がいなくなってしまった。

「——無茶な奴だ」

と、克巳は苦笑した。

何かしでかせば、警察へ連行されて殺されずにすむと思っているのだ。

それにしても——。

「おい、子供を離せ！」

と、さっきの警官が戻って来て、「馬鹿はよせ！」

「あんたのせいでしょ！ 私の言うことを聞こうとしないからじゃないの！」

久江としては筋が通っているつもりなのである。

克巳は、呆れて眺めていたが、ふと必死で破れかぶれの行動に走っている久江を殺すのが哀れに思えて来た。

もちろん、仕事は仕事で、ちゃんと片付けるつもりだが、なぜか気が進まない。

「——子供を離せ！」

警官が、何と拳銃を抜いて、銃口を久江の方へ向けた。

「おい……。冗談じゃねえぞ」

と、克巳は呟いて、車から降りた。

警官の方も頭に血が上っている。――子供を人質（？）にしているといっても、久江は武器一つ持っていないのである。

そんな久江に銃を向けたら、どうなることか……。

「私を撃つっていうの？　人殺し！」

「人殺しとは何だ！　人殺し！」

「子供を返して！」

完全に混乱している。

「早く子供を離せ！」

引金を引けば、子供に当るかもしれないのだ。――克巳は、興奮のあまり、警官の指に力が入って、発砲してしまうのではないかと気が気ではなかった。

久江は、抱きかかえた子供が甲高い声で泣き喚くので、ますますカーッとなってしまったのか、目の前に喫茶店があるのを見ると、突然、子供を抱き上げ、その店へと飛び込んだのである。

喫茶店から次々に客が飛び出してくる。

そして、ウエイトレスもエプロン姿で駆け出してくると、

「お代を払って！」

と叫んだのである……。


「参ったわね」

と、田所江美が言った。

「ねえ。——これほどとは思わなかった」

と、原島信子が肯く。

二人は、図書館の雑誌のコーナーで、とりあえず集めたデータを検討していた。

もちろん、〈大屋助教授殺害事件〉についてである。

二人がため息をついていたのは、「大屋とこれまでに関係があった女子学生」を調べてみたら、あまりに大勢いて、呆れてしまったからだった。

「——ま、もう卒業した子は犯人じゃないでしょう」

と、信子が言った。

「そうね。可能性ゼロじゃないけど、低いわね」

「まず省《はぶ》こうよ。きりがない」

「うん。——それじゃ、今在学中の女子学生では……」

「私の当った範囲では、この三人」

と、信子がメモを出す。

江美はその表を見て、

「私の聞いた四人と、一人しかダブってないわ」

「じゃあ——少なくとも六人か」

と、信子が首を振って、「信じられない！　どうして？」

江美は、ちょっと間を置いて、

「七人よ」

と言った。

「どうして？」

信子は、江美を見ていたが、「——まさか」

「その『まさか』なの」

と、江美は自分のメモに、自分の名前を書き加え、「ほんのわずかの間だけだけど、でもそれは私の言い分だから、客観的には確かめられない。私の名前も入れておかないと、不公平だわ」

「自分でも、今思うと何だったのか分らないわ」

と、江美は言った。「きっと、好奇心ね。女子学生に何人も手を出してるって聞くと、どこがそんなにいいんだろ、って興味が湧《わ》くのよ。それだけ。——私は少なくとも、人間的に関心持てなかった」

「じゃ、今は違うのね。いえ、違ってたのね？」

「うん。今は本気で好きな人ができたから」

「へえ、やってくれる！」

信子が江美の脇腹《わきばら》をつついた。

「あの……」

という声に二人が顔を上げる。

「——橋口淳子ですけど」

「あ、ごめんなさい。こっちが呼んどいて、忘れてた」

と、信子が言った。「——かけて。大変だったわね」

「はい」

一年下の淳子である。図書館に来るのは気が進まなかった様子だが、断るわけにもいかない。

「——大屋先生の死の謎について、私たち〈犯罪研究会〉で調べてるの。死体の発見の状況を、あなたから直接聞きたくて、来てもらったの」

信子の言葉に肯いて、

「分りました」

江美が、

「思い出すのもいやだろうけど……」

と付け加えると、

「そんなことありません。私も犯人を知りたいですし」

と、淳子は首を振って、「本当に犯人を捜すんですか？」

「できることならね」

と、信子が肯く。

「じゃ、私も〈犯罪研究会〉に入れて下さい！」

と、身をのり出すようにして、「演劇部の用が忙しいんですけど、できる限り頑張りますから」

「そりゃまあ……いいけど」

と、信子は江美を見て、「――ねえ？」

「そうね。もちろん歓迎よ」

江美は微笑んで、「じゃ早速、この図書館の中で、どうやって死体を発見したのか、教えてちょうだい」

「はい！　ご案内します」

と、淳子は立ち上った。

――江美と信子は、淳子の案内で、問題の死体が天辺《てっぺん》にのせてあった書棚の下へと足を運んだ。

「――この上にあったんです」

と、淳子がそのときのことを説明すると、

「どうしてあんな高い所に？」

と、信子が、誰もがふしぎがることを口にした。

江美は黙って少し退《さ》がると、その書棚を眺めた。

――大屋が死んだと知っても、江美の心には何の痛みもなかった。

むろん、克巳を知ったせいでもあったが、もし克巳と会わなかったとしても、大屋との間は遠からず終っていたに違いない。

ただ、あのプライド高い大屋が、埃《ほこり》っぽい書棚の上へ押し込められていたのかと思うと、いささか哀れではあった……。

「何か象徴的な意味でもあったのかしら」

と、信子は言った。

「宗教絡みとは思えないわ」

「でも、いやですね」

と、淳子が言った。「文化祭で、あの事件があって、そして今度の事件……。殺人が二つ、って多すぎません？」

「だから、早く解決しようってわけよ」

と、信子が呑気に言う。「殺人犯が平然とその辺を歩きまわってるかと思うと、ゾッとするわよね」

「顧問のこと、言うの忘れてた」

と、江美が言った。「うちの顧問が大屋先生だったからね。後の顧問に、外部の人を頼んだの」

「じゃ、誰が今は？」

「文化祭で話しに来てくれた、早川正実さんよ」

淳子は、頰を染めて、

「私――何なら演劇部辞めてもいいです」

「そこまでしないで」

と、江美があわてて言った。「ちゃんと役に立ってもらったわ」

「力がいる……」

と、信子は言った。「理由はともかく、あそこへどうやって死体を上げたかが問題ね」

信子は珍しくうまいポイントを指摘したのだった。

勢いというのは恐ろしいものである。

命を狙われている方の京田久江が、警官に逮捕されようとして（！）通りかかった子供を人質にしたと思ったら、銃を向けられて目の前の喫茶店へ飛び込んでしまった。中の客や店のウエイトレスは逃げ出して、店の中は、久江と人質の女の子だけになったのである。

何しろ人通りの多いオフィスの並ぶ通り。たちまち通行人が足を止め、人だかりができてしまう。

――克巳は、巧みに人ごみの間を抜けて、その喫茶店の見える位置に出た。

「おとなしく出て来い！」

と、相変らず興奮状態の警官が、上ずった声で叫んでいる。

「呆れたな……」

あの分では、応援も呼んでいないだろう。頭に血が上ってしまっているのだ。

「両手を上げて出て来い！」

と、拳銃を構えて、仁王立ちになっている。

子供を久江に持って行かれた母親はオロオロと、

「あの子を助けて！　誰かあの子を――」

「十、数える！　出て来なかったら撃つぞ！」

――克巳としては、久江が警官に射殺されたのでは商売にならないのである。

「いいか！　数えるぞ！　十！　九！　八！　七！　……」

克巳は静かに警官へ近付くと、

「あのですね――」

と、声をかけた。

「ワッ！」

と、警官は飛び上って、「何だ！　びっくりするじゃないか！」

「失礼しました」

と、克巳は穏やかに言った。「しかし、子供が人質になっているんです。十秒間で決着をつけようというのは、少しせっかちでは？」

「大きなお世話だ！　引っ込んでろ！」

「しかし、応援も呼ばずに強引に踏み込んで、子供がけがでもしたら……。責任問題になりますよ」

〈責任〉の一語が、警官をハッと我に返らせたようだった。

「責任！　――そうだ！　こんなときにこそ、判断を仰がなくては、上司のいる意味がない！」

何だか妙な理屈だが、ともかくこれで時間は稼げた。

「――誰か！　一一〇番してくれ！」

と、警官は、集まっている野次馬へ向って言った。

しかし、誰もが顔を見合せて、

「誰かかけたんじゃないの？」

「たぶん、かけてるよな」

と、動こうとしない。

「ご自分で連絡した方がいいんじゃありませんか？」

と、克巳は言ったが、

「いや、一瞬でもここを離れている間に犯人に逃げられたら、責任は私が取ることになってしまう！」

「無線をお持ちでは？」

「電池が切れている」

「やれやれ……」

と、克巳はため息をついた。

すると、喫茶店の中から、

「何してるのよ！」

と、久江が叫んだ。「早く逮捕しに来なさい！」

向うは捕まりたいのだから、警官が素直に出向いて行けば問題はない。ところが、久江の言い方が挑戦的だったせいか、警官の方は誤解してしまった。

「何だと！——捕まえられるもんなら捕まえてみろと言うんだな！　許せん！」

どうも、カッとなりやすい性質と見える。

克巳の方も、どうしたものか迷っていた。この衆人環視の中で、久江を殺すわけにはいかない。といって、この警官を追い払うこともできそうになかった。

それに、久江を殺せたとしても、人質の子供の身に危害が加えられては、自分が許せない。

ここは、久江を一旦逮捕させ、改めて機会を待つか、それとも——。

そこへ、誰が知らせたのか、パトカーが駆けつけて来た。

ところが、同時に駆けつけたのは、TV局の中継車。マイクを手にした女性が、

「凶悪犯が子供を人質に、立てこもっています!」

と、中継を始めたのだ。

おいおい。——克巳は、苦笑するしかなかった。

子供を人質に取っているのは確かだが、「凶悪」と言うのは当るまい。

「——問題の喫茶店の持主にお話を伺いましょう」

と、マイクを向けられたのは、客を追いかけて出て来たウエイトレス。

「あの……私、持主じゃないんですけど」

と訂正したが、無視され、

「中に立てこもっている犯人について、どんな男でしたか?」

よく分っていない女性リポーターが訊く。

「男……じゃありません。女の人です」

と、ウエイトレスが答えると、

「何と! 皆さん! 驚くべきことに、凶悪犯は女性だったのです!」

そりゃ、どっちかだろうぜ、と克巳は思った。

「それで、人質にされているのは？」

「女の子です。あの——あそこで泣いている方の娘さんみたいで」

「その娘さんはいくつですか？」

「さあ……。私の子じゃないんで」

「ともかく幼い少女を人質に、犯人は立てこもっているわけですが——犯人は凶器を持っていましたか？」

「キョーキ？」

「武器です。ピストルとか大砲とか」

真面目にやってるのか、こいつ？

「——さあ……。よく見ませんでした」

と、ウエイトレスは戸惑いながら言った。

「店内には何か凶器になるものが？」

「凶器って……。サンドイッチ作るのに使う包丁くらいはありますけど」

「包丁！　犯人は幼い子の喉《のど》に包丁をつきつけているのです」

「あ、でも、使ってるかどうかは——」

「ありがとうございました！　では、人質になっている女の子の母親にお話を伺いましょう……」

ウエイトレスの方はただ呆気に取られている。

克巳は、店の前をたちまち五、六台のパトカーがふさぎ、警官たちが拳銃を抜いて、まるで武装した銀行強盗でも逮捕しようとしているかのような態勢を整えているのを見て、

「こいつはまずいぞ」

と呟いた。

克巳は、ウエイトレスの肩を叩いて、

「君——ちょっといいか」

「はあ……」

「店の中は、その『犯人』と女の子の二人きりか？」

「はい。——マスターは外出して夕方まで戻りません」

「店に裏口は？」

「ビルの中ですから、裏口ってわけじゃありませんが、一応、材料とか運び込むドアはあります」

「どこから入るんだ？」

「ビルの正面玄関です。向うの端です」

「よし、悪いが一緒に来てくれ」

克巳は、ウエイトレスの腕を取って、その人だかりから離れた。

あの女性リポーターは、例の「カッとしやすい警官」にインタビューをしていて、警官は猛烈ガチガチにあがってしまい、TVカメラに向って敬礼したりしている。

「一体何があったのか、私、さっぱり分らないんですけど」

と、ウエイトレスが言った。

「誰も分ってないのさ」

と、克巳は言った。「問題は、このままいくと、出さなくてもいい犠牲者が出る心配があるってことだ」

ウエイトレスは青くなって、

「私、何かいけないことしたんでしょうか?」

と訊いた。

「君のせいじゃない」

克巳は、ウエイトレスの肩を軽く叩いて慰めると、「――悪いが、そのもう一つの出入口まで案内してくれ」

「はい」

ビルはいくつも企業の入った雑居ビルで、一階には食堂やバーガーチェーン、ソバ屋などが並んでいる。

外の騒ぎを聞きつけて、みんな何事かと外へ出て行く。その流れに逆らって二人は廊下を進んで行った。

「あれです」

と、ウエイトレスが指さす。

廊下の側にも客用の出入口はあったが、そこは〈外側の出入口へお回り下さい〉と札が立っていた。

「よく、お昼休みの終りぎりぎりに、このビルへ戻って来る人が、お店の中を通り抜けて行くんです。エレベーターに近いんで。それでオーナーが怒って、こっちの口は閉めちゃったの」

「なるほど。気持は分るがね」

克巳は微笑んで、「ありがとう、もうここで――」

と言いかけた。

そこへ、耳をつんざくような音で、

「犯人に告げる！」

と、表から警察のスピーカーを通して怒鳴り声が聞こえた。

「何て音だ」

と、克巳は顔をしかめた。「無神経な奴らだ」

「――おとなしく、子供を無事に返すと約束すれば、取引に応じる！」

取引も何も、久江の方は「捕まりたい」だけなのだ。

ただ、表があんまりものものしい雰囲気なので、何がどうなっているのか分らないのだろう。

すると、スピーカーのヴォリュームがあまりに大きくてびっくりしたのだろう、子供がギャーッと甲高い声で泣き出した。

「うるさいわね！　静かにしなさい！」

久江のヒステリックな叫び声。

「こいつはまずい」

と、克巳は言った。

やらなくてもいいことで、久江を追い詰めてしまっている。

「このままじゃ、本当に子供に危害を加えかねないな」

「——どうしましょう?」

「そのドア、開くのか?」

「ええ。入ると、キッチンです。そこを抜けると、もうカウンターの中」

「カウンターからは?」

「端の所が上へ開きます」

「よし。——君、成り行きですまないが、ちょっと力を貸してくれないか」

「はい」

と、ウエイトレスは肯いて、「私にも、あれくらいの甥《おい》っ子がいます。無事に助けたいですわ」

「君の方が、外の警官よりよほど落ちついてる」

と、克巳はウエイトレスの肩を叩いた。

「何よ? ——どうなってるの?」

店の中で、泣き叫ぶ子供を抱えて、久江は汗びっしょりになっていた。

何やら馬鹿でかい音で言っていたが、音がビルの間に反響したりして、よく分からなかった。

「ともかく、早く来てよ！」

久江には、どうして警官がさっさと踏み込んで来て自分を逮捕しないのか、さっぱり分らないのだった。

ましてや、いくつもの銃口がこっちを狙っているなどとは思ってもいない。

「あ、いらっしゃいませ」

突然、声がして、久江は飛び上りそうになった。

「あんた……」

「今、パンを切らして、買いに行ってたもんですから。すみません」

と、ウエイトレスはパンをしまって、「ご注文は？」

「注文？」

「何だかうるさいですね、外が。――あ、お子さん、お腹空いてるんですか？　牛乳、飲むかな？」

「ええ、それじゃ……」

「アニメのキャラのコップがあります。――冷たいままで大丈夫かしら？」

ウエイトレスが、カウンターの端を持ち上げて、コップを手に出て来る。

その後ろに身をかがめていた克巳が飛び出すと、女の子を素早く抱き取った。

「——何するの！」

と、久江が声を上げた。

「早く出て行け！　一人で出りゃ、すぐ捕まえてくれる」

久江は呆然として、

「一人で……。そうね。——一人なら。そうか」

久江が笑い出した。「そうだったのね！　こんな簡単なことだったのに！」

久江はよろけるように店の出入口へと歩いて行った。

「気を付けろ！」

と、克巳が言った。

外へ出ようとして、久江の足がもつれた。転びかけた久江が、表へと走り出る。

次の瞬間、銃声がビルの谷間に響いた。

幻のヒーロー

「何だ？」

克巳は子供を抱いたまま、床へ身をかがめた。「君も伏せろ！」

ウエイトレスがあわててしゃがむ。

しかし――二、三発の銃声がした後は、外は少し気味が悪いほど静まり返っていた。

「――今のは？」

と、ウエイトレスが情ない声で訊く。

「さあ……。誰か馬鹿な奴が発砲したんだ」

「どうしたんでしょう？」

「ともかく――君はここにいろ」

克巳は、泣きやんでびっくりした顔の子供を抱きかかえたまま、そっと立って、店から表へと出て行った。

「おい、撃つなよ!」

と、先に怒鳴っておく。

「まあ!」

母親が叫び声を上げて駆けて来ると、克巳の腕から子供を抱き取り、「——ありがとうございました!」

と、頭を下げた。

「いや、別に——」

と言いかけて、克巳の目は歩道に倒れている京田久江へと向けられた。

久江はうつ伏せに倒れ、その体の下に、静かに血だまりが広がっている。

克巳は歩み寄ると、かがみ込んで指を久江の頸《けい》動脈の辺りへ当てた。

「おい! 危いぞ、離れろ!」

と、警官が怒鳴る。

克巳は立ち上って、

「どこが危いんだ? もう死んでる」

と言った。

「確かめろ!」

と言われて、若い警官がこわごわやって来た。

克巳は、さっきの警官の所へ行くと、

「どうして撃った！」

と言った。「武器なんか持ってなかったんだぞ」

「突然飛び出して来た。万一、爆弾でも投げつけていたら、大勢の死者が出たところだ」

と言いわけする。

「爆弾だって？　どこにそんな物があるんだ？」

「だから万一――」

「とっさに判断できなくて、よく警官がやってられるな」

殺し屋はとてもつとまらないぜ、と言ってやりたかった。

「――死亡しています！」

と、声がして、一斉に警官たちがホッと息をつく。

「ありがとうございました」

母親がそばへ来て礼を言う。

「やめて下さい。――死ななくてもいい人間が死んだ」

克巳は怒っていた。

妙なことだ。——どうせ克巳が殺すはずだった女である。

克巳が手を下すまでもなく、射殺されてしまった。しかし、それは克巳の中では全く違うことだったのである。

「——ひと言、お願いします！」

気が付くと、克巳はＴＶカメラやマイクに囲まれていた。

「子供を救ったヒーローの気分は？」

そう訊いたリポーターを、克巳はぶん殴りかねない気分だった。

しかし、まさか集まっている取材陣、全部を殴りつけるわけにもいかず、何とか平静な表情を作って、

「運が良かっただけですよ」

と言ったのだった。


「克巳兄さんのことを自慢できるよ！」

と、正実がグラスを上げた。「乾杯！」

「よせってば」

克巳は一人不機嫌である。「たまたま成り行きでああなっただけだ」

「いいじゃないの、成り行きだって。子供の命は助かったんだもの」

と、リル子が言う。

「まあな……」

克巳は渋々ワイングラスを手に取った。一緒に取り上げて、乾杯したと見られるのがいやだったのだ。

「——母さんは？」

と、正実が訊く。

「少し遅れるけど、先に食事を始めてなさいって」

と、美香が言った。

「少し待ってようか。せっかく久しぶりに全員が揃ってるんだ」

と、圭介が言ったが、正実が情ない顔で、

「僕——凄く腹が空いてるんだけど……」

と言ったので、美香が笑って、

「正実が倒れたりしたら、お母さんも困るでしょ。先に始めてましょうよ」

と言った。

——中華料理店の個室。

早川克巳、圭介・岐子の夫婦に一歳の裕紀。そして美香、正実とリル子。母、早川香代子のひと声で、早川家が集合しての夕食である。

「さあ、食べるぞ！」

前菜の皿が来ると、正実が張り切って言った。

丸テーブルを囲むと、みんなそれぞれが大人にはなっていても、昔と変らない早川家の食事だった。

やっと一歳の裕紀も、あたかも昔から（？）の一員の如く、ちっともぐずらず、上機嫌に、

「ワアワア」

と声を上げている。

「――ふしぎな偶然ね」

と、美香が料理を皿へ取り分けながら言った。「死んだ女の人、私の所に来てたお客だったのよ。――はい、どうぞ」

隣の席の克巳へテーブルを回す。

「うん……。何しろ、誰かに殺されそうだって妄想にとりつかれてたらしい。――巻き添えを食った人間は迷惑さ」

克巳は、もう忘れたい気分なのである。「しかし、正実。お前はあんなことないだろうが、普通の人間なら知らないこと、警官がカッとなって、何も持ってない人間を射殺するなんてことはないようにしろよ」

「分ってる。——普通の警官にとっちゃ、拳銃を抜くことなんて、滅多にないからね。それだけで、ガチガチにあがってたんだと思うよ」

「何だかいやね」

と、リル子が言った。「大学でも先生が殺されたり……。文化祭で人殺しがあったばっかりだっていうのに」

「殺伐とした世の中ね」

と、美香は言った。

「だからこそ、早川家のこの平和は貴重なのさ」

と、圭介が言った。

食事が進むと、アルコールも入って、ワイワイガヤガヤと話があちこちで盛り上る。克巳はもともとそう騒ぐ性質《たち》ではないが、隣の圭介は、克巳が少しいつもと様子が違うことに気付いていた。

「兄さん。——どうなってるんだ?」

と、圭介が小声で訊く。

「訊くな」

「何だかスッキリしない顔じゃないか」

「当り前だ」

と、克巳も小声で、「俺みたいな商売の人間が、子供の命を助けたなんて騒がれちゃ迷惑なんだ」

「難しいんだな」

と、圭介は苦笑いした。「——例の彼女はどうした？　女子大生さ」

克巳は黙って食事をしている。——圭介は、その女子大生が、克巳を変えたのかもしれないと思った。

恋の力は偉大なのだ。

そこへ、

「遅くなってごめんよ」

と、ドアが開いて、香代子が入って来た。

「もう一度、乾杯しましょ、お義母さんのために！」

と、リル子が少々酔って声を上げる。

「ありがとう」

香代子は椅子に落ちついて、「――やっぱり、みんなの顔が揃うってのは、いいもんだね」

ふしぎなもんだ、と圭介は思った。

殺し屋に警官、弁護士に詐欺師。母だって泥棒稼業という、およそ無茶苦茶な一家なのに、これほど仲がいい一家も珍しいだろう。

それは、ここにいる全員にとって、香代子が「母」であるという一点が、そうさせているのである。

「母さん、仕事の方は？」

と、圭介が訊く。

「また、いい壺《つぼ》を手に入れたよ。あれは高く売れると思うね」

と、香代子は言った……。

「――死んだ？」

と、今野エミは言った。「今、『死んだ』って言ったの？」

「そうなんだ」

と、橋口は上機嫌で、「TVで見なかったか？　頭のおかしくなった女が、子供を人質にして立てこもったって」

「そういえば何か……。あれが、京田久江さん？」

「そうなんだ。どうしちまったのかな」

と、橋口は言った。「だから、もう何も心配することはないんだ。ゆっくり食事しよう」

「うん……」

エミは、橋口と、古い個人の屋敷を改装したレストランに来ていた。

静かで、料理もワインもおいしい。

「——これでホッとしたよ」

と、橋口は言った。「久江が君に何かするんじゃないかって気になっててね」

「私……何されても負けなかったわ」

と、エミは言った。

「そうかもしれない。しかし、どうせあいつにはうんざりしてたんだ。——ともかく、これで邪魔者はいなくなった」

橋口はいつになく早いピッチでワインを飲んでいる。

そして、食事しながら、テーブルの下でそっとエミの足を撫《な》でたりした。

「だめよ」

と、エミが小声で、「他のお客さんが――」

「分るもんか。――ね、どうだい？　僕がマンションを借りてあげよう。こづかいもあげる。もっとちょくちょく会えるようになるよ」

「そうね……」

と、エミは食事しながら、「少し考えさせて」

「うん。まあ、そうだね。焦ることはない」

橋口はニヤニヤしながら、「今夜は帰さないよ。いいね」

と、付け加えた。

「――ごちそうさま」

エミは、デザートを食べ終ると、「ちょっと、お化粧を直して来るわ」

と、席を立った。

橋口は、コーヒーを飲みながら、

「明日は一日休むか」

などと浮かれ気分。

そこへ、ウエイターが、

「橋口様。お電話が入っております」

「誰だ？」

ここへかけてくるというのは――三橋元子くらいのものだが。

「もしもし」

「私、エミ」

橋口は面食らって、

「今――どこだ？」

「タクシーの中から。ケータイでかけてるの」

「どうしたんだ。気分でも悪いのか？」

「私、もうあなたとは会わないわ」

と、エミは言った。

「何だって？」

「私、がっかりしたの」

「どういうことだ？」

「久江さんのことよ。ずっと長いこと、お付合いしてたんでしょ？　たとえ今、どんな風になっていても、その人が亡くなったのよ。少しは悲しんであげたら？」

「しかし――」

「悲しいふりができないのなら、せめて、いなくなって清々したなんて、他の女に向って言わないで」

と、エミは言った。「私、思ったの。今はあなたも私のこと、可愛いと思ってくれてるかもしれない。でも、その内、私のことも『うんざりだ』って思うようになるわ。そして他の女に、『あいつと別れてホッとしたよ』って話をするんだわ」

「エミ……」

「私は、そんな女じゃないの。――それじゃ、これでお別れね。もう電話もしないで」

「エミ。――おい、エミ」

もう切れてしまっている。

橋口が呆然と座っていると、

「コーヒーのお替りは？」

と、ウエイターが訊いた。

盗み聞き

社長室のドアが開いていて、明りが洩れていた。

三橋元子はドアの所で足を止め、

「社長？」

と、声をかけた。「おいでですか」

「ああ、入ってくれ」

橋口の声がして、元子は、

「失礼します」

と、中へ入った。「――どうなさったんですか？」

「どうもしない」

と言いながら、橋口はひどく酔って、ワイシャツの胸をはだけ、だらしなく社長の椅子にかけていた。

「ですが……」

「望み通りだ。そうだろう？　久江の奴は死んだ」

「ええ、分っています」

「そうなんだ。望み通りになったんだ！　こんなめでたいことはない」

「ここで飲んでらっしゃるんですか？」

元子は、橋口が近くで買って来たらしいウイスキーを開け、紙コップで飲んでいるのを見ると、「いけません！　こんなに飲まれたら、お体に障ります」

と、紙コップを取り上げ、ウイスキーのボトルと一緒に社長室から持って出た。

「おい、待て！　どうするんだ！」

と、橋口が追いかけようとしたが、酔っていて足もとがふらつく。「待て。――おい、待ってくれ！」

元子は給湯室へ行くと、紙コップとボトルの中のウイスキーを流しへあけて、屑入れに捨てた。

「どうしたんだ、今の……」

やっと橋口が顔を出す。

「捨てました」

と、元子が答えると、橋口は声を震わせて、

「何だと！　俺が待てと言ったのに、どうして捨てた！」

と怒鳴った。

「あんな安ものを飲まれては、お体をこわします」

「うるさい！」

と、橋口は拳を固めると、「俺の体だ！　放っといてくれ！」

そう言うなり、拳を振り回した。元子の顔面に当って、元子がのけぞる。

元子は二、三歩よろけたが、倒れはせずに踏み止《とど》まった。

――橋口は、殴った自分が信じられないように呆然としていたが、

「元子……。大丈夫か」

と、弱々しい声になって訊く。

元子は鼻血を出して、それは顎から伝い落ちて彼女のスーツに点々としみを作った。

その血を見て、橋口は青くなった。

「すまん……。元子、すまん。悪かった！」

「大丈夫です」

元子は垂れてくる血を手で受け止め、「ただの鼻血です。すぐ止ります」

と言って、化粧室へと急いだ。

橋口は、フラフラとそれに引かれるように歩いて行き、化粧室の前で、ぼんやりと待っていた。

しばらく水の流れる音がしていた。

そして——どれくらいたったろう。

化粧室のドアが開いて、元子が出て来ると、目の前に橋口が立っているのを見て、

「社長……。ずっとここにおられたんですか?」

「うん……。心配でな」

「ご心配なく。もう止りましたから」

と、元子は言って、「これじゃ、色気も何もありませんね」

と、ティシュペーパーを丸めて片方の鼻の穴に詰め込んでいるのを指して笑った。

「社長室へ行こう。——少し休んだ方がいい」

と、橋口が促す。

元子は社長室のソファに横になると、

「少し寝ていれば大丈夫です」

と言った。

「すまなかった……」

と、橋口はもう一つのソファに身を沈めて、

「スーツも台なしだな」

「クリーニング代だけ請求させていただきます」

と、元子は言って、「それで？　何かあったんですか」

「うん……」

橋口は、もう酔いもさめてしまっていた。

「実はな……」

橋口の話を聞いて、元子はじっと天井を見上げながら、

「——じゃ、あの女子大生に振られたんですね」

「早く言えばそういうことだ。——遅く言っても同じか」

「久江さんと、その女子大生。二人、一度に失くされたわけですね」

「そういうことだ。女心は分らん」

と、橋口は首を振って言った。

「後悔してらっしゃるんですか、久江さんを殺したこと」

「いや、それはない。どうせあいつとは切れるつもりだったんだ」

「なら良かったですわ」

「君にはすっかり手間をかけたな」

「今さら、そんなことおっしゃられても」

と、元子は笑った。「散々《さんざん》、手間のかけ通しなのに」

「元子――」

と、橋口は立ち上ると、ソファに寝ている元子のそばへ行って身をかがめた。

「社長さん……」

と、元子が言った。「私……鼻血出してるんですよ」

「まずいか」

「まずくはないですけど……。鼻の穴にティシュペーパー詰めて、なんて……。色気がなさ過ぎませんか？」

「構うもんか」

橋口は、元子の上になって、元子の胸もとを開いて行った。

「――情ない男ね」

と、美香は言った。

「社員の話を盗聴してるような奴だ。分ってるだろ」

と、克巳は言った。

「それにしたって……。他の女に振られたからって、自分の部下と？　あの秘書もよく相手する気になるわね」

――車の中である。

克巳は一家の会食の帰り、美香をここへ連れて来た。死んだ京田久江が、車の中で、社長室での話を聞いていたのを思い出したのだ。

車はまだそのままあるはずだ。その読みは当った。

久江の車の装置は、ちゃんと社長室での橋口と元子の話を受信し続けていた。

「――私の仕事はどうなるんだろ？」

と、美香は顔をしかめて、「注文主が死んじまっちゃ……」

「金を払うのは橋口だろ？」

「そりゃそうだけど……」

美香は車のリクライニングを倒して、「でも、兄さん、どうしてこの車のことを知ってたの？」

「そりゃ、第六感って奴さ」

と、克巳は言った。

「答になってない」

「いいんだ。——偶然ってことが世の中にはある」

「それは否定しないわ」

と、美香は言った。「ちゃんと支払わせてやるわ。たとえ中止になっても、今までかけた分の費用はね」

「堂々と請求しろ」

克巳は、腕時計を見て、「さて、他人の濡れ場を聞いてても仕方ない。行くかな」

「ね、正実があの秘書のことを調べてるそうよ。知らせてやったら？」

「それもそうだ」

「私、かけるわ」

美香が携帯電話を出して、正実へかける。

「——正実？　美香よ。——どうしたの？」

「いや、ちょっとね……」

正実の声の向うで、リル子が、

「ねえ、早く帰ってベッドに入ろう」

と誘っているのが聞こえている。

美香は笑いをかみ殺して、

「あのね、偶然、面白い車を見付けたの」

と言った。

正実は、美香の話を聞くと、

「本当に？　そりゃ凄い！　すぐ駆けつけるよ！」

「私はどうなるの？」

と、リル子がすねている。

「だから、ちょっと待って――」

「分った！　じゃ、私も連れてって！」

どうやら、二人連れでやって来るらしい。

克巳は車を出ようとしたが、そのとき、

「金を払うことはない」

という橋口の声がした。

「社長……。何のお話ですか？」

「例の殺し屋だ。久江を殺したのは、警察だろう。やってもいない仕事で、支払う必要はない」

「——待って下さい。社長のお気持も分りますが、向うは私の顔も知っています。今さら払わないと言っても納得しませんわ」

「まあ……前金で百万は渡したんだろう。何もしてないんだ。百万ももらえば御《おん》の字《じ》さ」

聞いていて、美香が笑った。

「ケチが自分の首をしめることになりそうね」

「社長、相手はプロです。もったいないと思っても、この一千万は——」

「会社が危いときだぞ。一千万、あるとないじゃ大違いだ」

と、橋口は聞かない。「久江に使ってた金も浮く。もちろん、あの何とかいうインテリア・デザイナーも断れ。一文も払うことはないぞ」

しばらく間があった。

「——分ったのか？」

橋口の言葉に、元子が、

「分りました」

と答える。

その声には深い失望があった。

「なあ、金が余れば、二人で海外へでも行けるじゃないか」

と、橋口がご機嫌を取ろうとしているが、何も分っていない。

可哀《かわい》そうに。――克巳は思った。

プロの殺し屋に金を払うのを惜しんだりすれば、最悪の結果になるのが、分っていない。

あの女は分っているが、社長に命じられたら、いやとは言えない。

殺されるのを覚悟で、克巳に会いに来るだろう。いや――前の「殺し屋」のように、殺そうとするか。

俺はそう甘くないぜ、と克巳は思った。

克巳が立ち去って、十分ほどすると、正実がやって来た。リル子も一緒だ。

「悪いわね、お邪魔して」

と、美香が言った。

「ううん、こういうことって面白いじゃないの」

と、リル子が、社長室からの声に耳を傾ける。

「僕は捜査のためとはいえ、盗聴するのなんていやだけど。こいつは他の人間が取り付けてくれたんだから、気楽だよ」

と、正実は言った。

「あ、聞こえる、聞こえる」

と、リル子が言った。

「——社長。もうおしまいにしましょう」

正実が聞いて、

「あの三橋元子って秘書の声だ」

と肯く。

「別れ話?」

と、リル子が耳を澄ます。

「——何のことだ」

と、橋口が言った。

「危険過ぎます。社内でも、あまりに社員の変死が続くというので、噂が広まっています」

「分ってる。——しかし、年末にはまとまった金がいる」

「承知です。でも、あまりに危険ですわ」

「この年末を乗り切れば、後は何とかなる。——分るだろ?」

元子がため息をついて、

「年末がすむと、今度は年度末、決算、株主総会……。それだけでは終らないことぐらい、ご自分でもお分りでしょう」

「元子……。君までそんなことを言うのか」

「社長の身が心配なんです。いざとなれば、私一人が罪をかぶる気でいますが、捜査当局が納得するとは思えません」

正実が興奮して、頰を紅潮させている。

「——だから、殺し屋の分も節約しようと言ってるんだ」

「それではとても足りません」

「うん。——何とかしてくれ。頼む」

長い沈黙の後、

「分りました」

と、元子は言った。「でも、次は誰を殺すんですか？　もう適当な人がいません」

「何とか頼む。保険金が入らないと、お手上げだ」

——聞いていた正実が思わずゴクリとツバをのみ込んだ。

屋上のキス

「谷川《たにがわ》さん」

三橋元子は、給湯室で一人、お茶出しの用意をしている若い女性社員へ声をかけた。

「はい」

谷川美紀《みき》はポットへお湯を入れながら、「あの——ちょっと待って下さい」

熱湯をいじっているので怖いのだ。

「ああ、いいのよ。ごめんなさい。あわてないで」

と、元子は言った。

「すみません」

と、ポットのふたをして、「——何ですか？」

谷川美紀は二十四歳。全体にふっくらとして、性格が素直なので、みんなに好かれている。

「ちょっと耳にしたんだけど」

と、元子は小声になって、「お母様、亡くなったんですって？」

「ええ……」

「言ってくれないと。社からも、わずかだけどお香典も出るし」

「すみません。でも、あまり知られたくなかったので」

「もう葬儀もすんだのね？　じゃ、せめてご仏前に」

と、香典の袋を取り出す。

「――ありがとうございます」

少し迷ってから、谷川美紀は受け取った。

「実は……母、自殺したんです」

「まあ」

「病気が辛かったようで。私も気を付けてたんですけど、眠ってる間に家を出て……」

「そうだったの。でも、自分を責めないでね。二十四時間、みててあげることはできないんだもの」

「はい、よく分ってます。ただ……もう少し早く誰かに相談していれば、と思うと残念です」

「でも――元気を出してね」

と、元子は言った。

「ありがとうございます。――会議室へお茶を出すので」

「ええ、よろしくね」

と行きかけて、「谷川さん。お昼休みに、ほんの五分くらい、時間をくれない？」

「もちろん。あの――」

「ちょっとね、あなたにお願いしたいことがあるの」

と、元子は言った。

「私に？　何ですか？」

「大したことじゃないんだけどね。――それじゃ、お昼休みになってすぐ。お昼ご飯に出るのが遅くなって悪いけど」

「あ、別にいいです」

「じゃ、屋上に来てくれる？　少し寒いかもしれないけど、すぐすむから」

「分りました。じゃ、チャイムが鳴ったら、すぐ行きます」

「よろしくね」

谷川美紀は、急いでお茶出しの仕度を始めた。

元子は〈社長室〉へ入って行った。

今日、橋口はまだ来ていない。

元子は、橋口の机の上を片付けていたが――。

ふと、思い付いて、机のわきを回り、社長の椅子のそばへ立った。

社長の椅子。――元子は椅子を引いて、ゆっくりと腰をおろした。

そして、背もたれに身をあずけ、肘《ひじ》かけに両手をのせる。

「社長か……」

ここに座ると、世界が違って見えてくるのだろうか。元子は、それをためしてみたかったのだ。

でも――社長室は社長室で、何の違いもない。

元子は少し失望した。橋口に失望したのと同じように。

皮肉なものだ。

橋口に抱かれた。そして久江が死に、あの女子大生は去って行った。

バタバタと色んなことがあって、今、元子は橋口のただ一人の「愛人」になった。

といっても愛人は愛人で、妻ではない。

そして、元子は、橋口への想《おも》いが急速に冷めていくのを覚えて、怖いようだった……。

電話が鳴る。

「――はい、〈社長室〉です」

「やあ」

あの男だ。

「――どうも」

「ご満足かね？」

と、男は言った。

「ご苦労様でした」

「ビジネスさ。特に前金一割という条件でやったんだぜ。残りは速《すみ》やかに払ってくれよ」

橋口からは、「払うことはない」と言われている。

「分っています」

と、元子は答えた。

「今夜、渡してもらいたいんだが」

「かしこまりました。どういう方法で？」

「そっちの会社の裏で大きなビル工事をやってるだろ」

「はい。分ります」

「そこで夜中の十二時に」

「分りました」

「残り九百万だ。一円でも欠けたら、生きちゃ帰れないと思えよ」

当り前の口調が却《かえ》って怖い。

「間違いなく」

「じゃ、十二時に待ってる」

と、男は言って、電話を切った。

本当は半分前金のはずを、手付として百万だけで許してもらった。

五百万、払うだけの余裕がなかったのだ。

――橋口は、社員を殺して手に入れた金を、どんどん使ってしまう。

わがままな子供と同じだ。困れば元子が何とかしてくれる、と思っている。

そう思わせてしまった自分の罪を考えて、元子は胸が痛んだ。

でも――今、放り出すことはできない。

ここで放り出せば、橋口の妻と子はどうなる?

愛人の自分が妻子の心配をするのはおかしいだろうか。

だが、正直な気持、橋口よりも妻の素代、娘の淳子のことが、元子には気にかかっていたのである……。

屋上は風があって、やはり寒かった。

――昼休みにはまだ何分かあるが、いい場所を選ぶ必要があった。

元子は屋上をグルッと歩いて回った。

周囲のビルから見えている場所が多い。目につかないのは、わずかにエレベーター塔のかげになった場所だけ。

風をよける、という名目で、あそこへ連れ込むことはできるだろう。

しかし、その先は？

自殺に見せかける。あるいは事故に。

それには手すりが少し高い。

どうやったら、あの谷川美紀を突き落とすことができるだろうか？

元子が悩んでいると、

「三橋さん」

谷川美紀がやって来ていたのだ。

気付いていなかった元子はちょっとギクリとした。

「悪いわね。――もうお昼？」

「二分前です」

と、谷川美紀はちょっと舌を出した。

「まあ……。大丈夫よ。まだ社長さんもみえてないわ」

と、元子は言って、「少し寒いわね。――あのかげに行きましょ。風が当らないだけいいわ」

「私、この方が」

と、美紀は深呼吸して、「少しぐらい寒い方が、目もさめていいです」

「そう……」

仕方ない。――元子は、上着のポケットへ手を入れていた。

中の拳銃を握っている。河原を殺した銃である。

だが、ここで谷川美紀を射殺するわけにはいかない。――どうしよう？

「お話の前に、一つうかがってもいいでしょうか」

と、美紀が言った。

「ええ。どういうこと？」

「あの……社長さんに言わないで下さいね」

と、美紀はためらってから、「実は——噂してるんです。この会社、呪われてるって」

元子は言葉が出なかった。美紀は続けて、

「だって、このところ社員の人たちがずいぶん死んだじゃないですか。これって、こんな小さな会社では、凄いパーセントだと思うんです」

「そうね。でも——偶然ってこともあるわ」

と、元子はやっと答えた。

「ええ。それは分ります。でも、みんなで辞めようかって話してる人たちもいるんです」

「それは……何人くらい？」

「あの……本当に社長さんに——」

「黙ってる。誓うわ」

「七人です」

元子はびっくりした。

ロッカールームなどの盗聴で、ある程度は分っていたが、七人とは……。

「何かこう……三橋さんからでも、納得のいく説明があると、みんなも少し安心すると思うんですけど」

「呪いじゃありませんって？　でも、逆効果のような気がするわ」

元子は何とか笑顔を作ってみせた。

「そうですね……。あの——忘れて下さい、今の話」

「忘れられないけど、黙ってるから。信用して」

「はい、ごめんなさい。それで、三橋さんのご用って?」

元子はためらった。

当然、ここで美紀を殺すと、社内で問題になる。警察へ、「不自然な死亡率の高さ」を訴える者が必ず出るだろう。

でも——今さらやめるのか?

「あのね——」

ポケットの中から、拳銃を握った手を出そうとした。

そのとき、

「おーい!」

と、声がして、美紀と同じ年代の男性社員が二人、そして女性が三人、エレベーター塔から出て来たのだ。

「——どうしたの?」

と、美紀がびっくりして言った。

「ボディガードさ」

「ええ？」

「君にもしものことがあったら大変だ」

「待ってよ。私、何も――」

「あまりに大勢死にすぎてるよ」

「そうよ。自分たちの身は自分で守らなくちゃ」

元子は絶句したままだった。

「ごめんなさい、三橋さん。私、知らなかったんです」

と、美紀が言った。

「彼女への話なら、僕らも一緒に聞きます」

と、男性社員が言った。

「そうよ。秘密は守ります」

「話して下さい」

――元子は打ちのめされた。

もうだめだ。橋口は何も分っていないが、発覚は時間の問題だ。

それでも、元子は何とか胸を張って、

「私は谷川さんと二人で話したいと言ったの。あなたたちが信じないのは勝手だけど、人前で話せることと話せないことがあるのよ」

「それって何ですか」

と、女性社員が面白がって、「愛の告白でもするんですか、美紀さんに」

元子はちょっと眉を上げて、

「いけない？」

と言うと、やおら美紀に歩み寄り、両腕をつかんで引き寄せた。

そして、美紀の唇にキスしたのである。

パッと離れて、

「それじゃこれで」

唖然とする一同を尻目《しりめ》に、元子はエレベーターの方へと歩み去った。

——そして、元子が〈社長室〉へ戻ると、

「おお。すっかり寝坊してな」

「社長……」

「電話もしないで、すまん」

と、橋口は言って、「昼飯は？　良かったら一緒に食べよう」

元子は笑い出した。

声を上げ、体を震わせて大笑いしたのである。

橋口は不愉快そうに、

「何がおかしいんだ?」

と言った。

それでも、元子の笑いは止らなかった。

「勝手にしろ」

橋口が呆れて肩をすくめる。

「社長……」

元子は、やっと笑いを抑えると、「社長はいい人なんですよね」

と言って、橋口の額にキスした。

「お昼、行きたい店があるんですけど。連れてってくれません?」

工事現場

夜、十一時といっても、今どきの高校生や大学生にとっては「真夜中」とは言えないだろう。

そんな時間なら起きている方が当り前かもしれない。

それでも橋口淳子にとって、夜の十一時は「夜ふけ」だった。大学二年生にしては、寝るのが早い。

ましてや、こんな時刻に出歩いているのは珍しいことだった。

実は、好きで遅くなったわけではなかった。

高校のときの友人たちと飲み会があって、二十歳になった仲間たちは、かなり無茶な飲み方をした。

二次会、カラオケと続いて、やっと解散したのが十一時近く。

「――大丈夫?」

淳子は、すっかり悪酔いしてしまった子の面倒をみていた。

淳子自身はあまり飲まないし、そう飲みたいとも思っていない。

「だからやめろって言ったじゃない」

「だって……今夜くらい飲まないと……」

と、フラフラになっている女の子は、淳子にすがりついて、「淳子！　もう少しそばにいて。ね？」

そう言われると、いやとも言えない淳子だった。

それでも、やっと、

「帰る」

と言い出したその子をタクシーへ乗せて、淳子はホッとしながら見送った。

十一時半ごろになっている。

夜道を歩いて来て、気が付くとオフィス街だった。

「何だ」

と、思わず呟く。

父の会社、〈橋口シャツ〉のビルの近くである。

もしかして、とふと思った。――お父さんがもしまだ会社にいたら、一緒に車で帰れるかもしれない。
淳子もいささか酔って、くたびれていた。
――父の会社へは何度か行ったことがある。
ビルの〈夜間通用口〉へ回ってみると、ドアが開いている。
淳子は、
「今晩は……」
と声をかけながら中へ入った。
ガードマンがいるはずだが、トイレにでも行ったのか。
ともかくオフィスまで行ってみよう。
淳子は、エレベーターに乗った。
〈橋口シャツ〉のオフィスはまだ明りが点《つ》いている。
「お父さん、いるのかな」
淳子は中を覗いて、〈社長室〉へと歩いて行った。
オフィスには人気がない。――でも、誰か残っているはずだ。
でなければ、明りを消して鍵をかけてあるはずだから。
〈社長室〉のドアが少し開いていた。中も明りが点いている。

やっぱりお父さん、中にいるのかな。
淳子は足を止めた。
声が聞こえた。——父の声ではない。
女の声だった。いや、声といっても、言葉ではなかった。
まさか。——まさか。
淳子は思わず息を詰めて、震える足どりで、開いたドアの方へ近付いた。
女の声。それは——男に抱かれている歓びの声だった。
あれは——誰だろう?
女の声がひときわ高くなって、途絶《とだ》えた。
激しく喘《あえ》ぐ息づかいに、
「——いい気分だ」
という父の声が混った。
父も息を弾ませている。
「社長……。お帰りになる前にどこかでシャワーを浴びて下さい」
その声……。
三橋元子だ。——淳子は耳を疑った。

あの人が父の愛人？

「女房に気をつかってるのか」

と、橋口が言った。

「奥様と淳子さんにです」

元子の言葉に、聞いていた淳子はギクリとした。

「心配するな。女房は慣れてる」

「いいえ。女はそんなことに慣れたりしません」

と、元子は言った。「たとえ何十年、そういう暮しを続けてもです」

「そんなもんかな」

橋口は大して気にもとめていない。「帰りにどこかで一杯やってくか」

「私は行く所があります」

衣《きぬ》ずれの音がする。

「こんな時間から？」

「東京は二十四時間、眠りませんわ」

「しかし――体をこわすなよ」

「ご心配いりません。丈夫が取り柄ですから」

と、元子は言った。「どうぞ、いらっしゃって下さい」

「そうか……。分った」

父が出て来る。

淳子は一瞬迷ったが、急いでオフィスを仕切る衝立《ついたて》のかげに隠れた。

「――じゃ、先に行く」

と、橋口が社長室から出て来た。

「社長」

と、元子が呼び止めて、「どんなことになっても、奥様と淳子さんのことを第一に考えて行動なさって下さいね」

と言った。

「――何のことだ?」

「いえ……。何でもありません」

と、元子は言った。「お気を付けて」

「ああ。――明日は会議の時間までには必ず来る」

――淳子は、父がネクタイの曲りを直しながら帰って行くのを、そっと覗いていた。

出て行かなかったのは、むしろ三橋元子の様子に、普通でないものを感じたせいだった。

父との関係を責めるつもりはない。

元子の、母や淳子への気のつかい方は、嘘ではなかった。

しかし、今の元子が橋口へ呼びかけた言葉は、淳子をこの場に残らせたのである。

さらに十分ほどたったろうか、三橋元子がもうすっかりいつもの元子に戻って、社長室を出て来た。

オフィスの明りを消す前に、元子は化粧室へと寄った。

淳子は、隠れていた場所から出ると、社長室へ入って明りをつけた。

直感のようなものだったが、当っていたと知った。

社長の机の上に、真直ぐ社長の椅子へ向けて、一通の手紙が置かれている。

手に取って見ると、封筒の宛名には〈社長へ〉とひと言。

裏の名がただ〈元子〉だけなのが目をひいた。

しばらくためらっていたが、淳子は決心すると、封を切った。


――ここ、何だったかしら。

元子は建設中のビルの工事現場に立って、周囲を見回した。

この前を何度も、数え切れないくらい通っているはずだ。それなのに、取り壊されてしまうと、そこに何が建っていたのか、思い出せない。

人の記憶というのは、こんなにも脆《もろ》くて儚《はかな》いものか。

記憶……。人間も同じことかもしれない。

この世から消えてしまったら、日々刻々と忘れ去られていくのだろう。

元子は、人気のなくなった工事現場へと足を踏み入れた。

今は高い囲いがあって、その中へ入らないと、工事がどの程度進んでいるのか、外からではうかがい知れない。

むろん、〈立入禁止〉の札はあるが、入るのは簡単だった。

「まあ……。こんなに」

と、思わず呟いたのは、もう十何階分かまで鉄骨が組み上っていたからだ。

腕時計を見ると、十二時までにあと五、六分というところ。

この工事現場に間違いないとは思うが、どこへ行けばいいのだろう？

だが、その心配は不要だった。

ライトが一つ点いて、元子を照らし出した。

「そこで止れ」

と、男の声がスピーカーから響いて、反響した。

「どこですか?」

と、まぶしさに目を細めて訊く。

男は答えず、

「金は持って来たか」

と言った。

元子は、コートの下から紙包みを取り出した。

「これです」

「九百万、間違いなくあるか?」

「百万円の束、九つです。確かです」

と、元子は答えた。

「よし、そのまま奥へ進め」

と、男の声は命じた。「プレハブの事務所がある。そこへ入れ」

歩いて行くと、照明はちゃんと元子の足下を照らしている。

鉄骨や資材があちこちに転《ころが》っているので、用心しないとつまずいてしまう。

プレハブの二階建の建物があって、入口の戸は少し開いていた。

元子は、言われた通り中へ入った。

「そこの机の上に、金を置け」

元子は、紙包みを机の上にのせた。

事務机と電話。ファックスの機械などが並んでいるが、何の飾り気もない、殺風景な空間だ。

「――よし」

と、スピーカーからの声が言った。「外へ出ろ」

「確かめないんですか?」

と、元子が言うと、

「後でゆっくり確かめる。どうせどこへも逃げられないんだから」

「分りました」

元子はプレハブを出て、来た通りの場所を辿《たど》るように戻って行った。

男はどこで見ているのか、ライトを動かして、ちゃんと元子を照らし続けている。

「そこを出たら、何もかも忘れろ」

と、男の声が言った。「分ったな」

「分っています」

元子は汗をかいていた。

工事現場の囲いを出ると、照明は消えて、闇が辺りを閉ざした。

元子は、振り返った。

もう一度、足音をたてないよう、用心して中へと戻る。

あのプレハブの建物の中に、小さな灯が動いていた。

包みの中身を確かめているのだろう。

むろん、時間はかからない。——中身がただの白紙だと分るのには。

馬鹿げている。——元子にもよく分っていた。

プロの殺し屋を相手にして勝ち目のないことぐらいは、承知している。

河原のときは、運が良かっただけだ。

それに、河原とは何度も会っていて、向うが元子を信用していた。

しかし今度は違う。——大体、元子は相手の顔も知らない。

元子は、拳銃を手にして、暗い中を進んで行った。プレハブの建物が見える所まで来て、足を止める。

中で動く明りは懐中電灯だろう。人影がチラチラと窓に映る。

元子は、汗びっしょりになっていた。

橋口を何とか説得して金を出させれば良かった。——そう思わないでもない。

けれども、自分は橋口の秘書だ。橋口に言われたことを守らないわけにいかない。

——社長のために人まで殺す。

はた目には馬鹿げているだろう。

それでも、元子の中では、それは筋が通っていたのだ。部下としてだけでなく、恋人としてなら、命を捨てても惜しくない。

むしろ、今の元子は、ここで死ぬことを望んでさえいたかもしれない。

——プレハブの、半ば開いた戸から中を覗き込む。

そして、元子はパッと中へ入ると、包みをのせた机の方へ向けて引金を引いた。

銃声が響いて——自分が持ってきた紙包みが裂け、紙片が舞う。

そこには誰もいなかった。

天井から下った蛍光灯に、懐中電灯がぶら下げられて、クルクルと回転している。

呆然としている元子の右腕に銃弾が当った。

「アッ！」

と声を上げ、元子の手から拳銃が落ちる。腕を押えてうずくまった元子は、戸口に男の姿を見た。

暗い中、それは地獄からの迎えの使者のように見えた。

「――本気で殺す気だったのか？」

と、その男は言った。

験《ため》される愛

撃たれた腕からは血が流れ落ち、元子は鈍くしびれるような痛みに、床に膝《ひざ》をついて、立てなくなった。

このまま死ぬのかしら。——元子は一瞬そう思った。

「支払いをケチるのは、一番損なやり方だ」

と、男は言った。「痛い思いをして、結局払うことになるんだぜ」

「分っています」

と、元子が言った。「でも、社長のご命令だったんです」

「本職の殺し屋を相手に、勝てると思ってるのか?」

「いいえ……。でも、他に仕方なかったんです」

男が近くに来て立つ。

元子が顔を上げようとすると、

「見るな」

と、男は言った。「見たら、殺さなきゃいけなくなる」

「どうせ殺すんでしょう。それなら早くやって下さい」

「気丈な女だな」

と、男は笑った。「死にたいのか？」

元子は、何とか机の脚に体をもたせかけて支えると、

「――覚悟の上で来ました」

「で、社長は？　どこかで待ってるのか？」

「いいえ、社長は何もご存知ありません」

「言わなかったのか。なぜだ」

「これが秘書の仕事です」

男は――むろん、克巳である――椅子を一つ引き寄せて、元子の背中の側に座った。

「いくら給料をもらってるか知らねえが、会社のために、保険金目当てに社員を殺させるなんてのは『仕事』じゃないだろう」

元子は息をのんだ。

「どうしてそれを――」

「どうして分ったかはともかく、もう警察だって感付いてるぜ。遠からず、お前の所の社長も捕まる」

元子は顔を伏せて呻いた。

「ああ、どうしよう……。私のせいなんです。社長はただ、私に任せておけば安心と思っているだけです」

「しかし社長だ。お前にやらせてたのも社長だろ？」

「私一人が――私だけが罪を負って死にます。どうか見逃して」

「俺に頼むのは筋違いだ。俺は一千万の残りをいただくだけさ」

「無理です」

「どうかな。――お前を人質に取って、金を持って来なきゃ殺すと言ってやる。九百万ぐらい、お前のために払っても、ばちは当らないと思うぜ」

「それはやめて！　お願いです！」

振り向こうとした元子の首筋を拳銃の銃把《じゅうは》が一撃した。元子が気を失って倒れる。

――克巳は拳銃をしまうと、

「実直な人間ってのも厄介だ」

と呟いた。

最初に元子の右腕の傷をしばって、出血を止めると、克巳は元子の体を抱え上げ、プレハブの建物を出た。


「遅かったのね」

淳子が玄関を入ると、母の素代が小走りに出て来た。「心配したわよ！」

「ごめん。——友だちが気分悪くなって」

「そう。できたら電話してね、途中でも」

「うん。——お父さんは？」

「さっき帰って来たわよ」

居間から、橋口が顔を出した。

「何だ、遅かったな。母さんが心配してたぞ」

と、橋口は言った。

淳子はじっと父を見つめていた。

「——何だ？　俺の顔に何かついてるか？」

「別に」

淳子は、二階へ上ろうとした。

「あら、電話だわ」

素代が居間へ入って、「――はい。――さようでございます。――何ですって？」

素代の声が変る。淳子は足を止め、居間へ入って行った。

「どうした？」

と、橋口が訊く。

「お待ち下さい。――あなた、男の人から、三橋さんを預ってるって」

「三橋君を？」

「九百万円払えば生かして返してやるって」

と、素代は送話口を手で押えながら、「あなたにそう言えば分るはずだ、って。どういうことなの？」

橋口はちょっと詰ったが、

「そんなこと、知らん！　いたずらだろう、大方《おおかた》」

と、肩をすくめると、「切っちまえ、そんな電話！」

「でも三橋さんが――」

「あいつは大丈夫。さらわれたりするもんか！」

素代は受話器を夫の方へ差し出して、

「あなた、出て」

「俺が出たら、向うはつけ上る」

と、橋口が渋っている。

「でも、三橋さんの身が危いんですよ。出て！」

「分った」

橋口が受話器を受け取ると、「――もしもし。――そうだが、君は誰だ？　いたずらはやめたまえ」

素代が思わず淳子と顔を見合せる。

「――確かに三橋君はうちの社員だ。しかし、家族というわけではない。社員が誘拐されたからといって、社長が身代金を払う必要などない」

橋口はそう言って、「いいね。私は金など一円も出す気はない。三橋君を返したまえ」

と続けた。

「お父さん――」

と、淳子が父の腕に手をかけて、「三橋さんの命がかかってるんだよ」

「お前は黙ってろ！」

と、橋口は娘を押しやると、「――もしもし？　分ったかね」

　プツッと電話は切れた。

「――ああいう奴には強く出なきゃいかんのだ。任せとけ。俺は色んな奴を相手にして来た」

　と、橋口は得意げに言った。

「お父さん……。三橋さんは生きてるの？」

　と、淳子が言った。

「何だと？　どういう意味だ？」

「三橋さんと話した？　三橋さんの声はした？」

　言われて初めて気付き、

「いや……。聞こえなかったな」

「せめて、三橋さんの声を聞かせろ、ぐらいのこと、言うべきだよ」

　橋口も言い返しようがなく、

「まあ……この次、かかって来たら、そう言う」

　と、ごまかした。

「でも、あなた、どういうこと？　三橋さんが誘拐されるなんて――」

「いいか。事実と決ったわけでもないんだ。騒ぐな」

　と、不機嫌になって、「もう寝るぞ、俺は！」

と、居間を出て行く。

残った素代と淳子は、しばらく黙って立っていたが、

「――どうしたらいいかしら」

と、素代が言った。「一一〇番したら、お父さん、怒るでしょうね」

「でも、三橋さんの命に係ることでしょ」

と、淳子は言った。「お父さん、おかしいよ。少なくとも、三橋さんの自宅へ電話してみるとか、ケータイにかけるとか、することがあるはずだよ」

「淳子の言う通りね」

素代は肯いた。「お父さんは何か隠してるんだわ」

淳子は、母親の方へすがりつくように身を寄せて、

「お母さん……」

と、呟くように言った。「怖いよ」

「淳子……。怖いって、何が？」

「何もかも失くしたら……この家も、車も、お金も、何もかも失くしたら、どうやって生きていくの？」

「淳子……」

素代は娘の体をしっかりと抱きしめて、「そんなこと、起らないわよ。大丈夫。大丈夫よ。あなたに、そんな思いをさせるもんですか」

しかし、素代には分っていた。自分自身もまた、娘と同じ不安に捉えられているのだということが……。

「――痛むか」

と、克巳は訊いた。

三橋元子は小さく肯いて、

「少し……」

と言った。

腕の痛みなど何だろう。――この胸の痛みに比べれば。

「聞いたろう？」

と、克巳は言った。「あれが、橋口って男の本音だ」

元子には、自分がどこにいるのか分らなかった。

意識が戻ったときには、目かくしをされ、けがしていない左手を、手錠でどこかにつながれていた。

「その目かくしは、簡単にはとれない。俺の顔を見ようとするなよ」

と、克巳は念を押した。

この女を殺したくなかった。

あんな男のために死ぬのでは、あまりに哀れだ。

「分っていました。わがままがいつも通って来た方です」

と、元子は言った。「こんな状況にならなければ、少しケチでも、気のいいワンマン社長で終っていたでしょう。あの人も運が悪かったんです」

「苦労しているのは誰も同じだぜ。しかし、社員を殺させたりはしない」

「はい……」

「悪いことは言わない。警察へ行って、自白《じはく》するんだ。やって来たこと、すべて。――どれくらいの罪になるか分らないが、少なくとも一人で引き受けようなんて、馬鹿なことを考えるんじゃない」

――どうして俺は、こうも「人道的」な殺し屋になったんだろう？

克巳は我ながら呆れていた。

「でも、あなたにはお金が入りません」

「仕方ないさ。まだ諦めたわけじゃない」

克巳は、ケータイの鳴る音を聞いた。

「私のです」

克巳はそのケータイを取り出すと、元子の手に持たせてやった。

「――もしもし。社長！」

「元子。どうしたんだ」

と、橋口の声がする。

克巳も耳を寄せて聞いていた。

「申しわけありません」

「金を払えと言って来たのは――」

「お言いつけの通りに、払わずにすませようとしたんです」

「それで捕まったのか？　どうして俺にひと言相談しないんだ」

「すみません」

何と身勝手な奴だ。――克巳は苦笑した。

人間、いつも人の上にばかり立っていると、こうもおかしくなってしまうものか。

「で、大丈夫なのか」

心配しているという口調ではない。面倒をかけて、と苦々《にがにが》しく思っているのだ。

「大丈夫です。ただ……」

克巳は、元子の手からケータイを取り上げて、

「ちっとも大丈夫じゃないぜ」

と言った。「俺を殺そうとするから、こっちも撃った。腕をけがしてる。病院へ連れてってないから、かなり痛むはずだ」

「ひどいことをしてくれるな」

「お宅が少々の金をケチるから、こういうことになるんだ」

と、克巳は言い返した。「どうする？　九百万出せば、この女は返してやる」

「分った。何とかする」

「よし。明日の夜まで待ってやる。明日の夜中の十二時だ」

「どこで渡す？」

「こっちからいただきに上るよ」

と、克巳は言った。「会社の社長室で待ってろ」

「いいだろう」

「現金で九百万だ。いいな」

克巳は念を押し、通話を切った。

「――どう思う」

と、元子へ訊く。

「今、手もとにそれだけのお金は……」

「値切る気かな」

「たぶん……。せいぜい、四、五百万だと思います」

「やれやれ、せちがらい世の中だ」

と、克巳はため息をついた。「――少しじっとしてろ」

「何ですか」

「痛み止めと抗生物質を注射してやる」

「そんなものを――」

「自分のために持ってるんだ」

と、克巳は言った。「少し眠くなる。良かったら眠れ」

「はい」

――元子は腕にチクリと針の刺さるのを感じた。

ふと目隠しの下で涙が出た。

悲しみや痛さ故の涙ではなく、このふしぎな殺し屋の「優しさ」のせいだった。

伏《ふく》兵《へい》

「正実ちゃん、まだ帰って来ないけど」

と、リル子は言った。

「そうか。——いつごろ帰るとか言ってたかい?」

と、克巳は訊いた。

「さあ、どうかしら。正実ちゃんの出かけてくときって、たいてい私、まだ寝てるのね。何時ごろ帰るって言ってったかもしれないけど、私、憶えてない」

「分った。正実に直接連絡してみるよ」

克巳はホテルの一室から電話していた。

「うん、その方が早いと思うわ」

と、リル子は呑気に言って、「ね、克巳兄さん、今、どこからかけてるの?」

「え? ——外だよ」

「外にしちゃ静かね。分った。ホテルの中でしょ」

「え？」

「自分はシャワーを浴びて出て来て、バスローブをはおってベッドに座りながら電話してる。バスルームでは、可愛い彼女がシャワーの最中。——図星でしょ」

克巳が何とも言えなかったのは、リル子の想像が正にすべて当っていたからだ。

これは克巳にとってショックだった。

「静かだろ？」

と、克巳は言った。「ロックコンサートの会場にいるんだ」

バスルームから、シャワーの音がしている。

克巳は一旦電話を切ると、正実のケータイにかけた。

「——もしもし、正実か？」

「あ、兄さん」

正実も、捜査本部で何日も泊りが続くと、くたびれた声を出すことがあるが、たいていはえらく元気である。刑事という仕事が合っているのだろう。

ことに今の正実はやたら張り切っていた。

「兄さんたちのおかげで、橋口の容疑が固まったよ！」

と、声も弾《はず》んでいる。

「そうか。良かったな」

「うん。——何か用？」

「いや……。いつごろ逮捕状が出るのかと思ってな」

「どうしてそんなこと？」

「美香の奴、タダ働きになるんじゃ可哀そうだろ。あと二、三日待ってやれないか。せめて経費だけでも払わせたい」

明日の夜中、橋口からいくらかでもせしめておきたい。

今の正実の張り切りようでは、その前に橋口が逮捕されてしまいそうである。

「うーん。その気持は分るけど」

と、正実は考えていたが、「しかし、これは公務だからね。私情を挟むのは良くないと思うんだ」

「ああ、よく分ってるよ。ただ、むやみに急ぐのも良くないぜ」

「でも、一日遅れたせいで、また社員の誰かが殺されるかもしれないよ」

「その心配なら無用だ」

「どうして？」

「直感さ」

と、克巳は言った。

バスルームのドアが開いて、江美がバスローブ姿で現われる。

「じゃ、そういうことだ。また連絡するよ」

と言って、克巳は受話器を置いた。

「誰と話してたの？」

江美が湯上りの香りを漂《ただよ》わせて、克巳の傍に座った。「他の彼女？」

「どうかな」

克巳は江美の肩に手を回し、「ずいぶん長くシャワーを浴びてたんだな」

「のぼせちゃったわ」

「じゃ、これを脱いだ方がいい」

「そうね」

江美はベッドにゆっくりと仰向けになって、

「脱がせてよ」

と、言った。

「おはよう」

と、美香がオフィスへ入って行くと、河野恭子が棚を拭いていた手を止めて、「おはようございます」

と言った。「五分ほど前にお電話が」

「誰から？」

「橋口さんです」

「まあ。──何か言ってた？」

「すぐ会いたいんですって。お忙しいので分りませんって申し上げときました」

どうせ、支払いを延ばしてくれという話だろう。向うに払う気がないと知ってしまったので、美香の方も、

「そっちがその気なら……」

と思うことになる。

「──電話するわ」

美香は、橋口の会社へかけた。

「やあ、すまんね、朝っぱらから」

と、橋口はいやにご機嫌だ。

「とんでもない。何かご用でしょうか」

「折り入って相談がある。ちょっと時間が取れんかね」

「これから伺いますわ」

「それじゃ、外で会いたい。ホテルFで三十分後に」

「かしこまりました」

何をもったいぶってるのかしら。

美香はおかしかった。

ともかく、急ぎの用を片付けて、美香は自分の車でホテルFへ向った。

ロビーのラウンジへ入ると、橋口は先に来ていて、奥の席で手を振っていた。

「——お待たせして」

「いやいや。まあ、座ってくれ」

「はい」

コーヒーを取って、そっと一口飲むと、「それで、ご用というのは」

橋口は、まだ空いているラウンジを見渡して、

「手短に言おう」

と、ポケットから何やら取り出して、テーブルに置く。

「これ……ルームキーですか、このホテルの」

「うん。一部屋取ってあるんだ」

「昼寝でもなさるんですか」

「君が付合ってくれたらね」

——美香もさすがに呆れた。

「突然そうおっしゃられても……」

「うん、そうだろう。よく分る」

と、橋口はわけ知り顔に肯いて、「君も、仕事の面では良くやっているが、まだまだ若い。人生経験に乏しい。僕のように豊かな経験を持っている男と付合えば、色々得るところが大きいと思うよ」

美香は必死でふき出すのをこらえていた。

人生経験は年齢《とし》だけ取れば豊かになるというものではない。今野エミに振られ、京田久江は死んで、橋口は大方心細くなったのだろう。

あの子なら、簡単に言うことを聞く、とでも思ったのか？　——美香としては少々腹も立ち、同時に、自分をさも偉そうに見せている橋口が哀れですらあった。

「申しわけありません」

と、美香は言った。「お気持だけいただいておきます」

「怖がることはないよ。――な、一度体験してごらん。それでいやなら、もう諦める」

橋口が美香の手を握ろうとする。素早く手を引っ込めて、

「遠慮させていただきますわ」

と言った。

「慎重だね。さてはまだ男を知らないな?」

と、橋口は笑って、「それならなおのこと、元気がいいだけの若い奴でなく、僕のようなベテランで体験しておいた方がいいよ」

「そういうことじゃありませんの」

「じゃ、何だね?」

美香は、橋口をからかってやりたくなった。

「社長さんでなく――秘書の三橋さんなら、お付合いしてもいいんですけど」

「三橋君? しかし――」

と言いかけて目を丸くし、「すると君は……」

「私の恋人は優しい『お姉様』なんです。いくら社長さんが魅力的な方でも、こればっかりは」

「——そうか」

橋口は拍子抜けした様子で、少しの間ポカンとして座っていた。

美香は立ち上って、

「他にご用がなければこれで」

「待て。——待ってくれ！」

橋口の表情が変った。「頼む。座ってくれ」

美香は腰をおろして、

「お部屋はキャンセルされた方がいいと思いますけど」

と言った。

「うん……。ともかく聞いてほしい」

「何ですか？」

橋口は息をついて、

「三橋君が誘拐された」

と言った。

「誘拐？」

「犯人は、今夜までに九百万用意しろと言っている」

「九百万。——ずいぶん半端な金額ですね」

「向うの都合だろう。ところが、今、手もとにそんな現金はない」

「それで?」

橋口は少しためらってから、

「君……少し都合してもらうわけにいかないだろうか。——いや、むろん返すよ。できるだけ早く。しかし、今夜となると、銀行ももう貸してくれんし……」

美香が黙って見つめていると、橋口は急いで付け加えた。

「九百万全額でなくてもいいんだ。三分の二——半分でもいい。きりのいいところで五百万、どうだろう」

美香はウエイトレスを呼んで、

「コーヒーのおかわり」

と注文すると、「——橋口さん。私をこのホテルの部屋へ誘ったのも、その話がしたかったからですか」

「そう……。まあ、実を言うと、そうだ」

「寝てからなら、切り出しやすいと?」

「そういうわけじゃないが……」

口ごもっているのでは、肯定しているのと同じである。

いや、おそらく「愛人にしておけば、金を返さなくてすむかもしれない」ぐらいのことは、考えていたはずだ。

「頼む。三橋君を助けるためだ」

と、橋口は頭を下げたが、それはとても「下げた」とは言えない動作だった。

「お断りします」

と、美香は言った。

「君ね、もう一度考え直して――」

「もし、あなたが初めからお金を貸してくれと手をついて頼んだのなら、私も考えたかもしれません。でも、あなたのやり方はこれ以上ないくらい、ひどいものです」

と、美香は言った。

「しかしね、僕は三橋君を助けなきゃいかんというわけじゃないんだ」

と、橋口は言った。「悪いのは、身代金を要求して来た奴なんだ。そんな奴のために、頭なんて下げられるか」

美香はもう何も言わなかった。

立ち上り、小銭入れから自分のコーヒー代を出してテーブルへ置くと、黙ってそのまま立ち去ったのである……。

ベッドから田所江美の抜け出す気配がして、克巳は目をさました。

「起しちゃった？」

と、江美は訊いて、克巳の額に唇を触れた。

「大学へ行くのかい？」

「ええ。これでも、一応学生ですもの」

「じゃあ行ってくれ」

と、克巳は肯いて、「僕はもう少しのんびりしてから出る」

「ええ、そうして」

江美がバスローブをはおって、バスルームの中へ消える。

克巳は、しばらくじっと天井を見上げて無言だった。

そして――。

――江美は、シャワーを浴びながら、口笛など吹いていた。

あんな男に恋してしまった。――まともな男ではないのだ。でも、惚《ほ》れてしまった。

江美は、克巳の「普通でないところ」に惚れたわけではなかった。

むしろ克巳は、あんな仕事（と言うのかどうか）をしていながら、「まとも」な人間だった。そこに江美はひかれていたのである。

「どうなってもいいわ」

と、シャワーの中で、江美は呟いた。

克巳に恋して、一緒に死ぬことになったとしても、後悔しない。

だが、克巳はそういうタイプではない。一緒に死んだりすることを、江美に許さないだろう……。

ともかく明日のことまで考える余裕はない。江美は今、この瞬間に充分幸せだった。

シャワーを止め、バスタオルを体に巻いて、江美はバスルームを出た。

「あなたもシャワー……」

と言いかけて、江美は立ちすくんだ。

ベッドの上で、克巳がお腹を押えて呻いていたのだ。

克巳は真青になり、額には汗が浮んでいた。

「どうしたの！」

江美はベッドへと駆け寄った。

わが身の痛さ

美香がオフィスへ戻ると、

「いかがでした?」

と、河野恭子が訊く。

「お話にならない」

と、美香はデスクに向って、デザイン画を広げた。「二度と橋口って名前を口にしないで。腹が立つわ」

「はい」

と、恭子が微笑む。

電話が鳴って、恭子が取る。

美香は小声で、

「あいつだったら、いないと言ってね」

と、恭子に向って言った。

「あの――田所江美さんって方です」

「田所？」

美香は受話器を受け取り、「――はい、早川美香です」

「あの――克巳さんが――」

「ああ、あなた、K大の子ね。克巳兄さんが何か？」

美香の顔から、見る見る血の気がひいた。

「――すぐ駆けつけるわ！」

電話を切ると、恭子へ、

「この電話で、圭介兄さんへかけて！　大至急！」

と言っておいて、自分はケータイを取り出し、母、香代子へかける。

「――もしもし、お母さん？　今ね、克巳兄さんが倒れたって！」

恭子が目を丸くしながら、

「圭介様が出ました」

「かして！　――もしもし、兄さん？　美香よ。克巳兄さんが倒れて救急車でN大病院へ運ばれたって！」

「分った！　すぐ行く！」

「正実へ連絡して！」

と言っておいて、「——もしもし、お母さん、聞こえた？」

「聞こえたわ。落ちついて。あの子は大丈夫よ」

と、香代子が言った。「N大じゃ少し心配ね。様子を見て、転院させた方がいいわ」

「でも、どうやって？」

「私はね、顔が広いの」

と、香代子は言った。「病気別に、強い病院を知ってるわ。ともかく、すぐN大病院へ行くから」

「私も、五分で行く！」

聞いていた恭子が、

「五分じゃ無理ですわ」

と言った……。

「——というわけだから」

と、香代子は言った。「N大病院へやっとくれ」

「へい」

車を運転していた小判丈吉は、チラッと左右へ目をやると、「ちょっとつかまってて下さい」

と言うなり、強引に車をUターンさせた。

「ワッ！」

助手席の土方が悲鳴を上げて、「俺を殺す気か！」

「こんなことで悲鳴を上げてちゃ、泥棒稼業はつとまらないぜ」

と、丈吉が涼しい顔で車を逆方向へと走らせる。

土方は、ちょっといまいましげに、

「悲鳴なんか上げてねえ！　びっくりして叫んだだけだ」

と言い返して、「――でも、ボス、安藤《あんどう》との約束はどうします？」

「緊急事態だよ。勘弁してもらうさ」

と、香代子は言った。

「電話を入れますか」

香代子は、今日これから安藤という同業者――泥棒の方である――と会って話をすることになっていた。

偶然、互いに相手が同じ品物を狙っていることが分り、トラブルになる前に話し合って決着をつけておこうということになったのである。

場所は、あのふしぎな地下道のある本間家。むろん今は空家なのだ。

香代子は少し考えていたが、

「やめとこう」

と言った。

「でも——それじゃ、向うは待ち惚《ぼう》けですが……」

「ここで電話して、盗聴されてごらん。待ち合せをスッポカされるより、ずっと迷惑なことになるよ」

「へい」

「一時は腹を立てるだろうが、ちゃんと事情を説明して詫びる。分ってくれるよ」

と、香代子は言った。

「俺は分ってもらわなくてもいいと思いますぜ」

と、丈吉が言った。「あの安藤って奴、どうも虫が好かねえ」

「虫が好かない相手だからこそ、筋を通しとかなくちゃね」

「へえ」

「でも、我が家は何より家族が第一。最優先だよ」

「N大病院へ、飛ばしますぜ！」

丈吉がぐいとアクセルを踏み込み、土方は、

「言ってからにしろ！」

と、文句を言った。

「急いでるときに、いちいち断ってられるか」

と、丈吉は涼しい顔。

車がしばらく行くと、香代子が言った。

「土方」

「はあ」

「悪いけど、あんた一人で安藤に会って来てくれるかい？」

「分りました」

と、土方はすぐに肯いて、「おい、丈吉。どこかその辺で停めてくれ」

「逆方向のタクシーを拾えよ」

「電車で行く。その方が間違いないし、早いさ」

「そうしとくれ」

と、香代子は言った。「悪いね。安藤に事情を説明して、改めて日時と場所を決めて会おうと言っておくれ。分ったね」

「かしこまりました」

実際、交渉事にかけては土方の方が得意である。

「その、地下鉄の入口の所で停めてくれ」

と、土方が言うと、車は道の端へ寄せて停った。

「用心しろよ」

と、丈吉が車を降りる土方へ言った。「安藤の奴を信用するな」

「分ってる。心配するな」

と、土方は言ってドアを閉めた。

香代子の車を見送って、土方は、

「さて、行くか」

と、地下鉄への階段を下りて行った。

タクシーでは、道が混むと三十分では着かない。地下鉄なら十五分くらいで近くの駅に着くはずである。

切符を買い、ホームへ下りて行くと、ちょうど電車が入ってくる。

「いいタイミングだ」

と、土方は満足げに肯いた。

空いた時間でもなかったが、たまたま土方が乗って、吊革《つりかわ》につかまると、目の前に座っていた年寄りが、

「あ……。いかん！　ここで降りるんだった！」

と、あわてて席を立って、降りていってしまった。

土方はちゃっかり座って、

「ツイてるぜ」

と、思わず呟いていた。

電車が動き出す。

暗いトンネルの中、土方の乗った地下鉄は走って行ったが……。

急に電車が停った。それも、急ブレーキに近いもので、実際、乗客の中には、尻もちをついた人もいる。

「――何だ？」

と、みんな前方へ目をやっている。

五分近く、電車は停ったままで、やがて車内にアナウンスが流れた。

「お急ぎのところ、誠に申しわけございません。ただいま、次のK駅で人身事故があり、電車は停っております」

そりゃ、誰でも乗っている電車が停ってることぐらい分る。

「恐れ入りますが、このまましばらくお待ち下さい」

おい！——土方は目をむいた。

「冗談じゃないぜ！」

——冗談では、もちろんなかったのである。

講義が終っても、橋口淳子はしばらくぼんやりと座っていた。

ちょうど、仲のいい子もいなくて、誰も声をかけて来ない。

まるで、将来の私だわ……。

お父さんが捕まったら——。私は、「殺人犯の子」になる。

でも今さらお父さんを取りかえるわけにいかないんだ……。

ふと気が付くと、教室の中で一人きりになっていた。

次の時間は空いているので、淳子はどうでもいいのだが、この教室に他の子たちが入って来るだろう。

体が重く感じられる。――何もかもいやになるって、こんな感じかな。

廊下へ出ると、ケータイが鳴り出した。

「はい。――もしもし？」

雑音がして、よく聞こえない。校舎の中のせいだろうか。

「もしもし！」

と、くり返して言うと、

「あ、淳子君？」

「はい」

「早川……」

「え？」

「――正実だけど」

「あ……。淳子です」

「ちょっと確かめたい……図書館……」

「あの、よく聞こえないんですけど。――もしもし？」

「図書館――」

と言って、プツッと通話が切れる。

「——図書館へ来いってこと？」

もちろん、あの大屋の死体のあった図書館としか考えられない。

ともかく行ってみよう。——どうせ時間はあるし。

淳子は少し元気が出て、足どりを速めて校舎から出た。

でも……正実さんの声にしちゃ、ちょっと変だった。

もちろん、受信状態が悪かったので、そのせいだろう。

淳子は、図書館へと急いだ。


圭介はN大病院の玄関前でタクシーを降りると、中へ入ろうとして、

「兄さん！」

と、呼び止められた。

「正実か」

パトカーから正実が降りて駆けてくる。

「今着いたの？　克巳兄さんは？」

「知らん。俺も今来たばかりだ。入ろう」

と促す。「お前、大丈夫なのか、捜査の方は？」

「犯罪はまた起るけど、克巳兄さんは一人しかいない！」

何だか少しピントの外れた言葉だが、そこが正実らしいとも言えた。

「〈救急外来〉だろう」

圭介が窓口で訊き、二人は指示に従って廊下を進んだ。

「——あそこだ」

圭介が手を振る。

廊下の一角に、香代子と美香、そして田所江美が固まっていた。

「——美香！　どうだ？」

「圭介兄さん、早かったわね」

「僕も早かったろ」

と、正実が主張する。「で——克巳兄さんは？」

「今、検査中だよ」

と、香代子が言った。「かなり苦しんでたけどね」

「私がもっと早く気付けば……」

と、江美がすすり泣いている。

「ちゃんとやってくれたわよ」

と、美香が江美の肩をやさしく叩いて言った。

「あの人……苦しい息の下で言ってました。『みんなに伝えてくれ』って。『早川家はいつも一つだぞ』って……」

正実がそれを聞いて、たちまち大粒の涙を溢《あふ》れさせた。

「克巳兄さん！　死んじゃだめだ！」

「死ぬもんか」

と、圭介が慰める。

「早川さん？」

と、白衣の中年の医師がやって来た。

「はい」

香代子が進み出て、「早川克巳の母でございます」

と言ったのだった。

待ち伏せ

「盲腸？」

と、圭介が思わず訊き返した。

「そうです」

「盲腸って……あの盲腸ですか」

つい、美香もわけの分らないことを言っていた。

「そうですよ」

中年の医師は穏やかに微笑んで、「ですから全くご心配はいりません。これから準備をして手術します。簡単なものですから」

「はあ……」

——早川家の面々は、言葉もなく、突っ立っていた。

「ええと……」

医師の方が、その場の雰囲気に戸惑っていた。「何かアレルギーはありますか。麻酔に過剰に反応されるのが心配なのですが」

「さあ……」

と、圭介が言って、「何しろ、病気なんかしたこともないんで……。母さん、知ってる？」

「特にアレルギーはないと思います」

と、香代子は言った。

「じゃ、お母様が二、三質問に答えていただけますか？　こちらへどうぞ」

香代子が医師について行ってしまうと、初めて誰もがホッと息を吐いて、

「何だ！　あんなに心配したのに！」

と正実が言った。

「全く！　盲腸か。――兄さんも人間だったってことだ」

と、圭介が苦笑する。

「本当にもう……」

美香は笑って、「――でも、良かったわ！　重い病気だったら、どうしようかと思ってた」

美香の言葉が、居合せた面々の気持を語っていた。

「あなたも大変だったわね」

と、美香が田所江美の肩を叩いた。

「いえ……。とっても苦しがってたので。——でも、大したことじゃなくて、安心しました」

江美は、まだ乾いていない涙を拭った。

少しして、香代子が戻って来ると、

「大分落ちついてるよ」

と、明るく言った。「それから、江美さん」

「はい！」

「あんたに話があるそうよ。行ってやってちょうだい」

「はい！」

江美は張り切って答えた。

廊下を大股に急ぐ江美を見送って、香代子が言った。

「克巳も、あの子には本気かもしれないね」

「兄さんがそう言ったの？」

と、圭介が訊く。

「母親だからね、私は。息子の考えてることは、見れば分るよ」

香代子はニッコリと笑って言った……。

病室のドアがわずかに開いて、江美が顔を覗かせる。

「——入れよ」

と、克巳が言った。

江美は、中へ入って行くと、ベッドへと駆け寄り、

「良かった！」

と、克巳の手を握りしめた。「あなたにもしものことがあったら……」

「やめてくれ」

克巳は、苦笑した。「盲腸だぜ。みっともない」

「あら、放っておくと命にかかわるのよ」

と、江美はむくれて、「私が心配したことも馬鹿らしいって言うの？」

「そうじゃない。——ありがとう。泣いてくれたんだな」

克巳が手をのばして、江美の頰に触れる。

江美は、克巳の上にかがみ込んで、唇を重ねた。

「——反省したよ」

「いや、たかが盲腸で、あの痛さときたら……」

と、克巳は首を振って、「今まで俺が殺して来た連中……。奴らは、もっともっと痛かったんだろう。そう思うとね……」

「真面目な殺し屋さん」

と、江美がおどけて、「今は、自分が良くなることを考えて」

「うん……。分ってる」

克巳は、少し厳しい表情になって、「それより、君に頼みがある」

「言って」

「じき、麻酔医が来る。——よく聞いてくれ。今、女を一人、人質として部屋に閉じ込めてある」

「まあ」

「むろん、生かして返す。しかし、この突然の入院で、どうにもしてやれない」

「どうすればいいの？」

「君に、そこへ行って、女を解放してやってほしい」

「でも——あなたは捕まらないの？」

「大丈夫。向うにも弱味がある」

「それならいいけど」

「頼む。女はけがしてる。もし、一人で歩けないくらいだったら、病院まで連れてってやってくれ」

「分ったわ」

「場所は——」

克巳の説明を、江美は急いで手帳にメモした。

「ビルの中？」

「取り壊されることになっているから、空っぽだ。そこの部屋に女がいる」

「すぐ行くわ」

「頼むよ」

「その女の人に何て言えば？」

「何も言わなくていい。ただ、自由にしてやってくれればいい」

「分ったわ」

「じゃあ……」

と、克巳が言いかけると、ドアが開いて、医師や看護婦が入って来た。

「行ってくるわ」

江美は、克巳の手を軽く握ると、急いで病室を出て行った。


「どうなってるんだ？」

車の中で苛々と怒鳴っている男——安藤という泥棒である。

香代子と会うことになっていて、安藤はしかし、車の中にいた。

香代子たちがやって来るはずの家から、ほんの目と鼻の先に路上駐車している。

「何も連絡はありません」

と、子分が一人やって来て言った。「どうします？」

「畜生！　どうしたっていうんだ？」

と、安藤はしかめっつらになって、「おい、感付かれたんじゃないだろうな？」

「それはないと思いますが……」

と、子分はちょっとためらって、「でも、親分。本当にあの早川香代子をやるんですか？」

「もちろんだ」

「いいんですか？　何しろ早川香代子といやあ、我々の世界で知らない者のない——」

「だからこそ、やるんだ！　目ざわりな奴らめ」

と、安藤は言った。

そのとき、もう一人の子分が駆けて来て、

「誰か来ました！」

「よし、やっつけろ！」

安藤は拳を振り回しながら言った。

「ちゃんと相手を確かめたのか？」

「地下道の方からなんで、よく見えませんけど」

「構うもんか。誰にしたって、早川の所の子分だ。やっつけろ！」

と、安藤が怒鳴ると、子分たちは、急いで家の方へ戻って行った。


「——母さん、どうする？」

と、圭介が言った。

克巳の手術が始まった。——そう時間はかからないだろうと言われたので、圭介も美香も待っていることにしたのだ。

正実は職務に戻ることにして、病院を出た。

香代子は、休憩所のソファに腰を据《す》えて、

「母親の役目さ。終るのを待ってるよ。あんたたちはいいの？」

「仕事に戻っても落ちつかないわ」

と、美香が言った。「ちょっと電話して来る」

美香が公衆電話の方へ行ってしまうと、香代子も思い出して自分のケータイを取り出した。病院の中なので、電源は切ってある。

入れてみると、土方から何度かかかって来ている。

香代子は、病院の外へ出ると、土方へかけてみた。

「――もしもし？」

「あ、親分ですか！」

「もしもし。聞こえる？」

「何とか」

「少し遠いね」

「地下鉄の駅なんです」

「何だって？」

「途中で人身事故があって、ずーっと停ってたんです」

「じゃ、まだ安藤の所へは着いてないんだね？」

「それどころか、やっと駅には着いたんですが、いつになったら動くのか見当つかないそうで」

と、土方が大きな声を出す。

「分った。それじゃ……」

「出てタクシーでも、と思ったんですが、ホームが凄い人で、動けないんです」

香代子は、

「分ったよ。こうも色々続くってことは、行かない方がいいってことだろう。今日はもう諦めて、戻っといで」

「へえ。それで克巳さんは？」

「心配ない。盲腸だってさ」

「そうでしたか。ひと安心で」

「今、手術中。——あんたは店に戻っていておくれ。後で寄るから」

「分りました！」

土方も気が楽になったようだ。

香代子はまたケータイの電源を切って、病院の中へと戻って行った。

淳子は、図書館へ入ると、周囲を見回した。

正実に呼ばれたので、やって来たのだが……。

「あら、何か用？」

図書館の司書の女性が淳子を見て言った。

「刑事さんに呼ばれて」

「刑事さんって、あの人？」

「中にいますか？」

「いいえ。見かけなかったわよ」

では、自分の方が先に着いてしまったのだろうか？

「中で待ってます」

淳子は、書架の間を歩いて行った。

——ここで死体を見付けたときのことを、いやでも思い出す。

もちろん、あんなことはもう二度とないだろうけど……。

書架の間へ入って足を止める。

一人きりになったようで、こういう気分は嫌いでない。

本に囲まれる、なんて、今の若い子には珍しいことが、淳子は好きなのである。

でも他の子にはあまり言ったことがない。「暗い」とか、「真面目」とか、からかわれそうで怖かったのだ。

でも——今、父のことで大きな不安を抱えていると、自分を支えてくれるのは、ただ面白おかしく一緒に遊んでいるだけの友人たちではなく、本当の意味での親友、そして、読んで来た本たちかもしれない、と思った。

そして、この図書館、この大学にも、通えなくなるのかもしれないと思うと、胸は痛むのだった。

足音がして、

「あの——」

と、淳子は振り向いた。

誰もいない。

でも、今のは確かに……。

「早川さん——正実さんですか？」

と、淳子は声をかけながら、書架の間から出ようとした。

そのとき、頭上から、重く分厚い本が数冊、淳子の真上に落ちて来た。

「やれやれ……」

土方は、香代子の経営する店に入って、息をついた。

「くたびれたぜ、全く!」

ただ電車に乗るだけで、こんなにくたびれたのは初めてだ。

店も〈本日休業〉になっているので、土方は少し寛いで、靴を脱ぐと、ソファに寝そべって、足を投げ出した。

克巳の病気も結局大したことはなくてすんだようだ。

もちろん、そのこと自体も嬉しいが、香代子にとって、一人一人の子供たちがどんなに大切か良く分っているので、万一のことでもあれば、香代子が参ってしまったに違いない。

しかし、これでひと安心だ。

土方は、いつしかウトウトしていたが……。

電話の音で目が覚めた。

「――何だよ。うるせえな」

文句を言っても、電話のせいではないので、気の毒（?）である。

受話器を上げると、

「本日はお休みです」

と言って、切ろうとした。

「待て！　おい、土方か？」

「何だ、お前か」

同業者の中でも仲のいい、プロの泥棒の一人である。

「店にいたのか！」

「いちゃ悪いか」

「だって……。聞いたぜ」

「何を？」

「隠すなって！　大変だろ、これから。身の振り方は考えてるのか？」

「何の話だ？」

「おたくのボスのことに決ってるじゃないか！　殺されたってニュースは、もうこの世界に広まってるぜ」

「こ、殺された？」

土方が目をむいた。「大変だ！　どうしよう！　ボスに訊いてみないと……」

と言ってから、

「おい、それっていつの話だ？」

「つい一時間前かな」

その後に、土方は香代子と話している。

「しかし——誰がやったって？」

「安藤さ。あいつ、この世界で、おたくのボスの後釜を狙ってるぜ」

土方は落ちついて、

「どうも知らせてくれて、ありがとう」

と言った。

「お前——いいのか、そんな呑気なこと言ってて」

「死んじまったものは生き返らない。そうだろ？」

「まあ、そうだけどな」

「ま、じっくりと、これからどうするか、考えるよ」

と、土方は言った。「じゃ、どうも」

電話を切ると、土方は急いで車の中で待っているはずの丈吉へ電話した。

「――あいよ」

「早く出ろ！」

「何だよ。せっかく旨い寿司を食ってる夢見てたのに」

「馬鹿！　それどころじゃねえ！　ボスは？」

「病院の中だろ」

「今、どこにいる？」

「俺か？　駐車場だよ」

「すぐボスの所へ行って知らせろ。殺されたって」

「殺された？　誰が？」

「ボスがだよ」

「――気は確かか？」

と、丈吉は呆れたように言ったが、土方の話を聞いて、「――安藤の奴！　だからあいつは信用できねえと思ってたんだ」

「殺そうとしてるって噂が、『殺された』って話になったのかもしれねえ。これから狙ってくるって可能性もある」

「分った！　すぐボスを外へ連れ出すよ」

「用心しろ。俺は、例の地下道へ行ってみる」

土方は、電話を切ると店の中の明りを消した。そして、出かけようとしたが……。

誰かが来る。

土方は素早く机の下へ隠れた。

店の入口は鍵がかかっている。——外の明りを背に、男が二人、シルエットで浮ぶと、店内の様子をうかがっている。

「——誰もいねえぞ」

「家にも、店にもいねえとなると……。香代子の奴、どこだ？」

「捜そう。ともかく、早くあの女を片付けないと、親分に大目玉だ」

「殺されるぜ、こっちが」

「ああ。——大体お前が確かめもしないで、親分へ『やっつけました！』なんて報告するからいけねえんだ」

「だって、あんな地下道に他の奴が来るなんて、思いもしねえよ」

「今さらグチっても仕方ねえ。早く香代子を見付けよう」

二人の男は、足早に店の前から立ち去って行った。

土方はそっと机の下から這《は》い出すと、

「えらいことだ……」

と呟いた。

「それじゃ、私たちの代りに、誰かが殺されたんだね」

と、香代子は言った。

「そのようです。ともかく、まずボスの身が大切だと思って、ここへ駆けつけました」

土方が、まだ息を弾ませている。

――土方と香代子は、病院の地下室にいた。丈吉が病室の出入口に目を光らせている。

「克巳さんの手術は？」

と、土方が訊いた。

「無事に終って、眠ってるよ」

と、香代子は言って、「――あの地下道で人が撃たれてると警察へ知らせな」

「でも――」

「人違いだってことは、安藤にも伝わるだろうけど、もしかしたらまだ息があるかもしれない。万に一つでもね」

「そうでしたね。すんません」

土方が病院の一階入口の公衆電話で一一〇番している間、香代子はじっと考え込んでいた。

誰が殺されたにせよ、その人間は香代子の身替りになったわけだ。——一方で、克巳は無事に手術がすみ、後は数日で退院できるという。

「神様は不公平だね」

と、香代子は呟くように言った。

足音がした。香代子はすぐに聞き分けて、

「美香。よく分ったね、ここが」

「お母さん。——何してるの？」

美香がやって来た。「エレベーターが地階まで下りるのを見てたの」

「ちょっと物騒なことがあってね」

「お母さんの身に？　それなら何でも言って。私が命がけで守ってあげる」

「子供に守ってもらうんじゃ話が逆だよ」

と、香代子は微笑んだ。「もう外は暗いかい？」

「うん。すっかり夜よ。今は日が短いからね」

美香が隣に座って、「何があったの？」

「私を殺そうとしてる奴がいてね」

「誰よ、それ？」

「安藤って、悪徳業者さ。私が邪魔らしいよ」

土方が戻って来た。

「知らせました！——や、美香さん、どうも」

「土方。安藤に連絡しておくれ」

土方が目を丸くする。

「どうしてです？　向うには死んだと思わせといた方が……」

「いずれ気が付くよ」

と、香代子は首を振って、「そのとき、向うがどう出てくるか分らない。それより、こっちから知らせて、ご案内申し上げる方がいい」

「というと……」

「あんたがね、安藤に私を売るのさ」

それを聞いて、土方は目をむいた。

「とんでもない！　何があったって、俺はそんなことはしません！」

「分ってるよ。だから、そう言って、安藤をおびき寄せるんだよ」

「それなら分りますが……」

と言いながら、土方の顔は今一つ晴れない。

「考えてごらん。——私の代りに殺された人のことを。しかも、安藤は私と平和に話し合うと約束してた。許せないよ」

「同感です」

「だからこそ、あんたの出番さ。——私を売るから、その代り、安藤の一の子分にしてくれと言うんだよ。その話を向うに信じさせるんだ。あんたの腕の見せどころだよ」

「——分りました！」

ここまで来ると、土方も納得、面白がっている。「それで、どう言います？」

「私が、倒れてここへ入院してる、とお言い」

「なるほど。今日行かなかった理由にもなりますね」

「きっと信用するよ」

「その先は——」

「私に考えがあるわ！」

と、口を挟《はさ》んだのは、美香だった。

「美香――」

「私にも手伝わせて！　そんな奴、放っちゃおけないわ」

香代子は笑って、

「あんたなら、うまくやりそうね。それで、考えって？」

「私ね、これで看護婦の格好すると、なかなか似合うと思わない？」

と、美香は言った……。


「おい、三橋君――」

と言いかけて、橋口は咳払いすると、「誰か、お茶を淹れてくれ」

「はい」

と、秘書課の女の子が、あわてて席を立って行く。

社長室へ戻った橋口は、社長の椅子にかけて、ため息をついた。

三橋元子がいれば……。

元子なら、何も言わなくても分ってくれる。お茶を、などと橋口が口にすることは、ほとんどなかった。

何も言わなくても、元子の方で察して出してくれたからである。

元子がいないと、こんなにも苛々するものか、と橋口は思った。

何としても、元子を取り戻そう。

――しかし問題は、あの殺し屋の要求して来た九百万円という現金が、手もとにないことだった。今、用意できるのは、四百万くらいのものだ。

これで、何とか向うに承知させよう、と橋口は思っていた。

文句を言うだろうか？　しかし、ないものはないのだ。

これで通ると思っているところが、橋口らしい。――元子の命が大切だとは思っているが、そのために頭を下げても金を借りて来るという発想はない。

「お茶をお持ちしました」

と、秘書の女の子が入って来る。

「ありがとう」

と、一口飲んだが、「――おい、これじゃ……」

「あの……何かいけませんでしたか」

「いや、いいんだ」

――元子なら、苦さも熱さも、ちゃんと橋口の好みを心得ていて、何も言う必要はないのに。

しかし、他の子にそれを要求してもむだというものだ。

仕方なく、やたら粉っぽくて苦い、ぬるいお茶を飲んでいると、電話が鳴った。

「――もしもし、橋口だ」

「あなた！」

妻の素代である。

「どうした？」

「今――今、大学から電話で、淳子が――」

「淳子が？　どうしたんだ？」

「あの――けがをしたって。図書館で、落ちた本が頭に当ったそうよ。あなた、すぐ病院を」

「分った」

「急いでね！　いい病院へ連れてくのよ。後で移るのは大変だから」

「うん。三橋君に訊いて――」

と、つい言ってしまう。

「もしもし。――あなた、聞いてる？」

「うん」

「じゃ、お願いね。すぐ大学へ連絡するから」

「分った」

「電話してね。待ってるわ」

と言って、素代は電話を切った。

「分った」

と言ったものの、橋口には、どこの病院がいいのか、見当もつかない。知っている医者もいるが、その連絡先も、すべて元子が知っているのだ。

橋口は途方に暮れていた。

早川流の罠《わな》

足音が聞こえて、三橋元子はホッとした。

あの「殺し屋」が約束の時間に現われないのが不安だったのである。

しかし、その靴音は、元子の記憶の中のものと違っていた。

「——誰？」

と、元子は言った。

目かくしは、けがをした右手ではどうしても外せなかったので、見ることができない。

「心配しないで」

女の声——それも若い女だ。

「あなたは……」

「自由にしてあげに来たんです」

その女は、どこかを捜している気配だったが、

「──あった。──待ってね」

元子は、左手をどこかへつないでいた手錠が外れて床へ落ちる音を聞いた。

左手が、急に手錠の重みを失って震える。

「けがの具合は？」

「大丈夫です」

「じゃ、目かくしは自分で外して下さい」

と、その女は行ってしまいそうになる。

「あの──待って」

と、元子は呼んだ。「あの人──私をここへ連れて来た人はどうしたんですか」

「入院してます。急病で」

「まあ」

「あなたのことを心配して、私をよこしたんです」

「そうですか……。じゃ、もう私は自由なんですね」

と、元子は言った。

「そうです。──お気を付けて」

女の足音が、すぐに遠ざかっていく。

助かった！　元子は、左手が思い通りに動くようになるのを待って、目かくしを外そうとした。

かなりきつく、しかも特別の結び方で、少々のことでは外せなかったが、少しずつ左手の感覚も戻って来て、元子は大分かかって、目かくしを外すのに成功した。

「ああ……」

立ち上ると、足もとのふらつきを残しながら、やっと歩き出した。

空っぽのビル。――外へ出て、元子は、ともかく病院へ、と思った。

橋口へ連絡しなくては、とも思ったが、病院から電話してもいい。ともかく今は電話するにも方法がなかった。

右腕の撃たれた傷からの出血は止っていたが、痛みは鈍く、重く続いていて、右手はほとんど力が入らなかった。

病院……。病院は？

通りには、あわただしく行き来する人たちがいたが、誰も元子に目を止めない。

そろそろ夕方になるのだろうか。少し薄暗くなっているような気がする。

それとも、曇っているせいで、そうなのか。――元子はやっと思い付いて、腕時計を見ようとした。

ろけた。

「アッ!」

足どりを緩《ゆる》めたところへ、後ろから小走りにやって来た若い男がぶつかって、元子はよ

傷を負った右腕に、もろにぶつかられたのだ。
激しい痛みに、思わずうずくまってしまう。
「ぐずぐず歩いてるんじゃねえよ!」
ぶつかった若い男は、謝るどころか、元子に向ってそんな文句を投げつけて行ってしま
った。思いやりのかけらもない。
元子は、ふしぎなことだったが、この傷を負わせた当の殺し屋の方に、ずっと暖いやさ
しさがあった、と思った。痛み止めと抗生物質の注射までしてくれた、あのふしぎな殺し
屋……。
入院していると、さっきの女は言っていたが、大丈夫なのだろうか。
自分の傷の痛さに耐えながら、元子は殺し屋の身を心配していた。
何とか、痛みをこらえて立ち上ることができた。しかし、ダラリと下げた右手を見下ろ
すと、真新しい血が流れ落ちて行った。
今のショックで出血したのだ。

「──けがしてる。おばちゃん」

と、女の子の声がした。

見ると、買物帰りらしい主婦が、ショッピングカーを引いて、四、五歳の女の子と通りかかった。

「まあ、どうなさったんです？」

と、母親の方がびっくりして、「血がそんなに──」

「病院。この近くにないでしょうか」

と、元子は訊いた。

「病院、──病院ね。そうですね、この辺だったら……。ああ、救急病院が、この先に」

と、母親の方も焦《あせ》って、すぐには頭が回らないようだった。

「どう行けばいいんでしょう？」

「この先を右へ──左だったかしら。ちょっと待って下さいね。いえ、そうだわ、右へ曲るの」

と、指さして、「次の信号、見えるでしょ？　あれを右へ行くと、五分くらいで。でも──歩けます？」

「大丈夫です。あの信号を右ですね。すみませんでした」

「いいえ。——でも、本当にひどいけが！　血がたれてますよ。ついて行ってあげましょうか？」

「いいえ、一人で行けます。ご心配いただいて——」

元子は、小さな女の子の姿が見えなくなっているのに気付いた。母親はすっかり元子の方に気をとられていたのだ。

女の子は、手にしていた人形だか何かを落として、転《ころが》って行ったそれを追いかけて母親のそばを離れていた。

女の子は道の真中へ駆けて行った。

車が来る。——トラックだ。

元子は、トラックが当然スピードを落として停ると思っていた。しかし、トラックはそのままの勢いでやって来る。

クラクションさえ鳴らしていないのは、女の子に気付いていないからだろう。

女の子がひかれる！

母親は、ちょうど娘に背中を向けていて、全く気付いていなかった。

「危い」

と、元子は言った。

「え？」

初めて母親が振り向いて、立ちすくむ。

元子は飛び出した。

女の子に向って駆け寄ると、抱き上げようとしたが——右手が動かない！

神様！

必死だった。左手だけで女の子の体を抱え上げると、向う側へ駆け抜けようとした。

やっと気付いたらしく、トラックのクラクションが鳴る。

足がもつれた。前のめりになった元子は、その勢いに任せて、女の子を前へ投げ出した。

元子がうつ伏せに転《ころ》ぶ。

トラックのブレーキが悲鳴のような音をたてた。

元子は顔を上げて、トラックが、まるで巨人の足みたいに自分の上にのしかかって来るのを見た。同時に、元子は冷静に、女の子がトラックにひかれる心配はないことを見てとっていた。

これでいい。——神様は私に、罪を償う機会を与えて下さったのだ。

私は、何の罪もない社員を、ただ保険金のために殺させた。命をもって償うのが、当然のことだ……。

「やめて！」

という叫び声は、あの母親のものだったろう。

しかし、元子はその叫びを途中までしか聞くことができなかった。

トラックの重量が元子の命を押し潰していくとき、元子は、

「社長さん、すみません」

と呟いていた。

夜になってはいたが、まだ病院の中には面会の客が残っている。

土方は、〈時間外受付〉の出入口の外で、安藤を待っていた。

「遅刻する奴は嫌いだ」

と、土方は苛々しながら言った。

約束の時間を十五分ほど過ぎて、車がやって来た。

いやでも人目をひくリムジン。——おめでたい奴だ。

子分が急いで降りて来て、ドアを開ける。

「——安藤さんですね」

と、土方は何くわぬ顔で、「土方と申します」

「ああ、ご苦労さん」

安藤は、わざとらしく左右へ目をやって、

「人目につくとまずい。中へ入ろう」

「こちらです」

土方は、先に立って案内する。

安藤の後から、子分が二人ついて来た。

「早川香代子の奴、どこが悪いんだ？」

と、安藤が訊く。

「急に胃が痛んで。――もうトシでさ」

「いい加減引退して、後は任せりゃ良かったんだ。死なずにすんだ」

「俺もそう言ったんですが、一向に聞いてくれないんで」

と、土方は廊下を歩きながら言った。「こいつは、乗り換えどきだな、って思ったんです」

「お前の考えは正しいぜ」

安藤は、土方の肩を叩いて、「悪いようにゃしねえ。信用してくれ」

誰が！――土方はゾッとしたのを気《け》どられないように、あわてて顔をそむけた。

「こっちです」

入りくんだ廊下を辿って行く。

地下への階段を下りて行くと、

「地下にいるのか？」

と、安藤がふしぎそうに言った。

「手術の準備でして」

「手術か！　じゃ、その手間を省いてやろう」

ドアを開けると、ストレッチャーに香代子が横になっている。

「眠っているのか？」

「ええ。麻酔が効いてるはずです」

安藤は、それでも内心はビクビクものらしく、そっと近付いて、香代子の顔を覗き込んだ。

すると――香代子がパチッと目を開けたのである。

「ワッ！」

安藤がびっくりして飛びのく。「おい！　早く片付けろ！」

――返事がない。

安藤が振り向くと、土方と小判丈吉の二人だけ。

「あんたの子分二人は、ここへ来る途中の廊下でのびてるよ」

と、丈吉が言った。

「貴様！　騙したな！」

と、安藤がわめく。

「騙される方がどうかしてるよ」

と、香代子が起き上る。「ゆっくりやすんでいただきなさい」

次の瞬間、美香が背後から安藤の鼻と口へ、プラスチックのマスクを押し当てた。

安藤の体を、すかさず二人が捕らえる。

麻酔ガスを吸った安藤は、

「何だ……こら……よせってば……」

と、途切れ途切れに呟いて、すぐに眠ってしまった。

「——OK」

美香は、看護婦の制服を着ていたが、「さ、服を脱がして。このストレッチャーに乗せるのよ」

安藤は、裸にされて手術着を着せられ、ストレッチャーの上に、香代子に代って横たえられた。

「しっかり麻酔をかけとくからね」

と、美香が言った。

「これで、朝になったら、びっくりするわ」

「目がさめたら、朝になったら——」

と、香代子は言った。「さ、行きましょう」


「あなた!」

橋口素代は、夫が病院の廊下をやって来るのを見て、駆け寄った。

「ああ。——どうした、淳子は?」

「どうした、じゃないわよ! 何してたの、今まで?」

と、素代は声を震わせ、「病院を決めるのも何も、全部私がやったのよ!」

「いや……。忙しかったんだ」

と、橋口は言った。

「忙しかった、なんて! そのせいで、ずいぶん入院が遅れたのよ」

「しかし——大したことないんだろ?」

素代も、やっと夫の様子が普通でないことに気付いた。

「あなた……。どうしたの?」

しかし、橋口は妻の問いかけも耳に入っていないようだった。

「あなた――」

素代は、男が二人、こっちへやって来るのを目に止めた。

償いと日々

その男たちは刑事だった。

ふしぎなことに、素代にも、一目でそれが分ったのである。——二人の刑事は、橋口の前で足を止めると、

「橋口竜也さんですね」

と、言った。「殺人容疑で逮捕状が出ています。ご同行願います」

素代が思わずかすれた声を上げた。

「娘さんが入院されていることは承知していますが、待っているわけにもいかないのでね」

「あなた……」

と、素代が夫の腕を取る。

「刑事さん。——そういう用件はあれです。秘書の三橋君に言って下さい」

刑事たちは顔を見合せた。

「――三橋元子にも、同じ容疑で逮捕状が出ています。しかし、残念ながら逮捕できなくなりました」

と、一人が言った。「通りへ飛び出した子供を助けて、自分はトラックにひかれたんです。即死でした」

素代が息をのむ。――橋口は、放心したように、

「ともかく、三橋君を通してくれ。俺は忙しいんだ」

「あなた――」

「こういうときのために、秘書がいるんだ。何をしてるんだ、三橋君は？」

橋口が苛立って来る。刑事たちは、両側から橋口の腕を取ると、

「行きましょう」

と、引きずるようにして歩き出した。

「待ってくれ！　だから言ってるじゃないか、三橋君に話してくれれば、何もかもうまくやってくれるんだ。すぐ、三橋君もここへ来るから――」

「手錠をかけられたいか？」

と、刑事が凄みのある声を出した。「おとなしく歩け！」

素代は、その場にしゃがみ込んで、泣き出した。

一方——克巳の入院している病院では、一旦外出していた正実が難しい顔で戻って来ていた。

「どうしたの？」

廊下にいた香代子たちが心配になって訊く。

「僕が人質になりかけた、あのトンネルのある家でね、あそこから逃げた矢川法夫と、本間あかりが……」

正実は言葉に詰って、「二人とも……トンネルの中で撃たれて死んでるのが見付かった」

香代子が、表情を曇らせて、

「そうだったの……」

身替りに死んだのは、その二人だったのか！

「子供は？　小さい子を連れてたんでしょ」

と、美香が訊く。

「近くに停めてあった車の中で寝ていたって。——でも、二つだ。ママがいないことは分るだろうな」

「どうしてそんなことに……」

「相棒の広川が当ってたんだ。本間真人《まさと》って、あかりの亭主がね、どうやらあのトンネルを作らせたらしい」

「何か企んでたのね？」

「今、裏を取ってるところだけど、密入国者を隠しておいたり、品物を運び込んだりしていたって。安藤って奴がどうも糸を引いてたんじゃないかって思われてる。——しょっぴいて、白状させてやるよ」

正実は悲しげに、「あの矢川って、いい奴だったんだ……」

と、呟くように言った。

「どうして戻って来たのかしらね」

と、美香が言った。

「分らないけど……。何か取りに戻らなきゃいけないものでもあったんだろうね」

正実は改めて怒りがこみ上げて来たようで、

「安藤って奴、どんなことをしても見付けて、白状させてやる！」

香代子は肯いて、

「でも、どこかで天罰が下ってるかもしれないわよ」

と言った。

正実は、ナースステーションにかかって来た電話で呼び出された。

「――もしもし」

「広川だよ」

「ああ、どうした？」

「いや、実は今、妙な話を聞いてな」

「妙な話？」

「あの、K大の女の子、図書館で大屋助教授の死体を見付けた、橋口淳子っていただろ」

「ああ、憶えてる」

正実の胸が少し痛んだ。父親が今ごろ逮捕されているはずだ。

「あの子が何か？」

「同じ図書館で、書棚から落ちて来た、何キロもある本が頭に当って大けがしたんだ」

正実は息をのんだ。

「それで――」

「今、入院してる」

と、広川は、入院先の名前を教えて、「そこで、さっきあの子の父親を逮捕したよ」

と、付け加えた。

「――そうか、良かった」

「それでな、もう一つ気になってることがあったんだ。橋口淳子が図書館へ行ったのは、お前に呼ばれてだっていうんだ」

「僕はそんなこと――」

「分ってる。図書館の司書が、彼女から聞いてるんだ。もしかすると、誰かがお前の名をかたって、呼び出したのかな」

「ということは――事故じゃないってことだね」

「ああ。重い本が自然に書棚から落ちるか？」

「分った。今から行くよ」

と、正実は言った。「――あの子には、誰かついてる？」

「母親が。だけど、亭主が逮捕されて、放心状態かな」

確かにそうだ。正実は、急いで電話を切った。

「どうかしたの？」

美香がすぐそばに立っていた。

「――橋口さん、大丈夫ですか？」

と、看護婦が声をかけてくれる。

素代は、笑顔さえ作って、

「ええ、大丈夫です」

「少しやすんだら？　何なら、仮眠室がありますから、使ってもいいんですよ」

「いいえ、今は……。ありがとうございます」

素代は会釈した。

親切に声をかけてくれる。――いいえ！　いいえ、違うわ。

ああやって見に来てるんだわ。

「ご主人が捕まって、娘さんが大けが。可哀そうにね」

みんな、そんな話をしているのだ。

「ご主人、殺人容疑ですって」

「まあ！」

――何もかもおしまいだ。

すべてを失った女のことを、みんな笑いに来るのだ。当然だ。こんなひどい話なんか、あるわけがない。

どうしよう？　これから、知人やご近所に、どんな顔をしていればいいのだろう？

「そんな心配することないわ」

そう。友だちも親類も、みんな離れていく。誰も口をきいてくれなくなる。

夫が殺人容疑で逮捕された女なんか、一体誰が相手にしてくれるものか。

そう。淳子も可哀そうだ。——淳子が、

「何もかも失くしたら、どうするの？」

と訊いていたことを思い出す。

学校へも通えなくなる。そして、友だちも寄って来なくなるだろう。

そんな状況の中で、どうやって生きていけばいいのか。——素代は、しばらくぼんやり

と考えていたが……。

やがて、我に返ったように周囲を見回す。

夜も遅くなって、人影はない。

「そうだわ」

今、どうすべきなのか。それが素代には分った。

立ち上り、淳子の寝ている病室へと向う。——これが一番いい方法なのだ。

淳子。お母さんも、あなたを殺してから、すぐこの屋上へ行って飛び下りるわ。どこへ

も行かないで、待っててね。
素代は、特に緊張もせず、ごく当り前の気持で、淳子の病室のドアを開けた。
薄暗い部屋の中、少し、目が慣れるまで待ってから、素代は淳子のベッドに近付いた。
——これは？　どうしたの？
淳子の顔の上に、柔らかい枕《まくら》がのっていた。完全に顔を覆っている。
素代は、その枕を払い落とすと、
「淳子！　——淳子、どうしたの？」
息をしていない！
素代は真青になった。
「誰か——。誰か来て！」
と、駆け出そうとして、淳子の肩の辺りに置かれたナースコールに目を止めた。
そうだわ、これで呼ぶんだ。
素代がナースコールへ手をのばした瞬間、誰かが素代に背後から襲いかかった。
素代は、淳子の体の上に突っ伏すように押し付けられた。首に誰かの手がかかる。
起き上ることができなかった。首に、その誰かの手が食い込む。
声が出ない。息もできない。

素代は、その指を引き離そうと、空しい努力をした。——ああ、このまま死ぬんだ、と思った。

そのとき、ドアがパッと開いて、廊下の光が射した。

素代の首を絞めていた人間がハッと体を起した。素代は、ヒュッと何かが空を切る音を聞いた。

そして——素代の首にかかっていた両手は、突然力を失って離れた。

素代はズルズルと床へ座り込んだ。空気を求めて、肺が激しく伸縮する。

バタバタと足音がして、明りが点いた。

「どうしました!」

看護婦と医師だ。素代は必死で、

「娘を——淳子を助けて!」

と叫ぼうとしたが、声がかすれて出ない。

しかし、医師はすぐ異常に気付いた。

「強心剤の用意!」

と叫ぶ。

素代は、そのとき初めて床に倒れている若い男に気付いた。その胸に、ナイフが突き刺さって、男はぴくりとも動かない。

一体……誰が？

素代は、そのときになって、自分が淳子を道連れに、死のうとしていたことを思い出した。そして——今はその気持が全く変ってしまっていることに気付いたのだった。

——廊下を、正実がやって来た。

「姉さん、病室分った？」

美香は肯いて、

「そこみたいよ。何か今、バタバタしてるわ」

「何かあったのかな」

正実は足早に、橋口淳子の病室へと向った。

美香は自分の右手を見て、

「ナイフ投げなんて、久しぶりだったけど、腕は落ちてないわ」

と、満足げに肯いたのだった……。

エピローグ

「村井定夫？」

と、ベッドにガウン姿で寝ている克巳が言った。「誰だ、それ？」

「K大の学生だよ」

と、正実が言った。「殺された大屋助教授と組んで、覚醒《かくせい》剤を学内で捌《さば》いてた。その取り分のもつれで、大屋を殺したんだ」

そうか。――克巳は思い出した。

田所江美と初めて会った、あの満員電車の中で、一緒に乗っていた男子学生だ。

あいつが人殺し？　克巳は、自分の「人を見る目」も衰《おとろ》えた、とため息をついたのだった。

「どうして図書館の書棚の上に死体があったんだ？」

と、克巳は思い出して訊いた。

「そこで殺されたんだ」

と、正実が言った。「村井と組んでた学生から聞き出したよ。覚醒剤を、『海外から取り寄せた資料だ』と言って、大屋は包みのままあの書棚の上にのせておいた。〈開けるな!〉と書いとけば、手を触れる人間はいないからね」

「なるほど、じゃそこでもめて殺したんだな」

「そういうこと。そして血糊を大屋の部屋の椅子につけておいた」

「死体を見付けた女の子も――」

「村井が、逃げるとき、あの子とすれ違ってるんだ。彼女の方は全く憶えてないんだけど、見られたかもしれないと思うと、不安だったんだろうね」

「しかし、やり損なった」

「うん、それで病院に忍び込んだけど、危いところを、ナイフで殺された。――覚醒剤をおろしてた暴力団の誰かが口をふさぐためにやったんだろうって言われてるよ」

「――まあ、一杯ね」

ドアが開いて、田所江美が入って来ると、病室を埋めた早川一家に目を丸くした。

「江美さん、克巳の世話をしてくれて、ありがとう」

と、香代子が言った。

「いいえ！　こんなに幸せだった一週間って生れて初めて」

江美はベッドのそばへ来て、「あら、退院よ。まだ仕度してないの？」

「そろそろ行くか」

克巳は、起き上って、ベッドから下りて、「みんな、わざわざありがとう」

と言うと、ベッドから下りて、ガウンをパッと脱いだ。

ちゃんとツイードの上着を着て、いつもの克巳である。

「キザな奴」

美香が笑って、「退院おめでとう！」

と、克巳の頬にキスした。

一家揃って、病室を出ると、

「——おい！」

と、広川刑事がやって来て、「安藤が見付かったぞ」

「そうか！　どこで捕まえた？」

「いや、それが……」

と、広川が当惑顔で、「こ、この病院の中なんだ」

「え？」

「別の患者の名前で、しかも、悪くもない胃を手術でとられちゃったって。ショックで本人、放心状態なんだ」

「——どうなってるんだ?」

と、正実が唖然とする。

「天罰ってものよ」

と、香代子が言った。「その点、早川家の人間たちは、みんな真っ当な暮しをしてるから安心だね!」

解説

青柳碧人《あおやぎあいと》
（作家）

もう二十年以上前になるが、町の本屋で、寿司屋の大将を見たことがある。

白髪頭を丸刈りにし、豆絞りの手ぬぐいを鉢巻きにし、胸に《●●鮨》と屋号が染め抜かれた服を着、酢飯の香りを漂わせ、肩幅に足を開き、目をかっと見開いて腕を組んでいる。

大将の前にあるのは、文庫本の棚。並ぶ青い背表紙たちは、赤川次郎の「三毛猫ホームズ」シリーズだった。大将はおもむろに右腕を伸ばし、文庫本の背表紙を一つ一つ指さし、ぶつぶつと呟きはじめた。

「これは読んだ、これも読んだ。これは？　……ああ、読んだな」

ファンだ――！　僕は頰に両手を当てて叫びたくなる衝動に駆られた。

大将は、赤川次郎のファンなのだ！

最終的に大将は三冊取り、僕の横を通り過ぎてレジへ向かった。

「いつ来ても、読んでねえのが見つかる。大したもんだ……」

と、言いながら。

それからしばらくたって僕は作家デビューし、編集者に連れられて六本木のバーにいた。

薄暗い照明、馬蹄形のカウンター。いささか緊張しつつ、小説を書いているんだとバーテンダーに告げた。

「小説ですか……最近は読めなくて。でも、赤川次郎さんのは今でもよく読んでますよ」

バーテンダーは照れながら言った。

「いつ本屋に行っても、新作がありますもんね。すごいですよ」

あの日の寿司屋の大将と同じことを言っている！　きっと赤川次郎という作家は、毎日、日本中のどこかで読まれ、その名が口にのぼっている作家なのだろう。国民的作家とはそういうものなのだ――と僕は思ったものだった。


赤川次郎の作品の魅力はいったいどこにあるのだろうか。多面的なところである、と僕は思う。本作『とりあえずの殺人』を例にそれを見てみよう。本作は、実に多くの小説スタイルの要素を持っているのだ。

その一、家族小説。

長男が殺し屋、次男が弁護士、長女が詐欺師で三男が警察官……そんな一家いるかよ！というツッコミは無粋なり。これは小説なのだ。それぞれの立場で行動しながらお互いを思いあうきょうだいの姿はまさに家族小説そのもの。そして、彼らをまとめる母・香代子《かよこ》の存在がまたいい。泥棒の大親分として子分たちに慕われ、どんな敵やピンチにも余裕をもって当たるその姿は、『天空の城ラピュタ』に登場する空中海賊のドーラを彷彿《ほうふつ》とさせて爽快だ。彼女のもとに子どもたちが集うシーンには、家族小説の安心感がある。

その二、ロマンス小説。

男がとにかくモテまくる。殺し屋の長男・克巳《かつみ》は仕事を目撃した女子大生と恋仲になるし、大学助教授・大屋《おおや》は教え子をとっかえひっかえ恋人にするし、悪党社長・橋口《はしぐち》など、ちょっとすれ違っただけの十八歳の女の子と、次のシーンでもうベッドインしている。こんなにうまくいくわけないだろ！　という叫びはモテない男の無粋なり。赤川次郎はちゃんと、リアルを用意している。

「会ったときだけ優しくするなんて簡単なことよ（略）それが一生続けば、離婚する人はいなくなるわ」（三二五頁）

美香《みか》がエミに向かって言うこのセリフには、年の差恋愛のペーソスがある。コーヒーの苦みを知る者と知らない者では、同じマカロンは味わえないのだ。

その三、人生訓小説。

軽妙な読み口に定評のある赤川作品だが、ところどころ、はっとする表現に出会う。

「取り壊されてしまうと、そこに何が建っていたのか、思い出せない。（略）人間も同じことかもしれない」（三九一―三九二頁）

「詐欺師でさえ呆れるほどに、今の世が人間同士、不信に満ちているということでもあるだろう」（二八四頁）

「人生経験は、年齢《とし》だけ取れば豊かになるというものではない」（四一七頁）

これらの言葉は、シニカルな人生訓であり、作家から読者への贈り物と言ってもいい。小説を読むということは、人生を味わうということでもあるのだ。

――と、いろいろ書いてきたが、やはり赤川作品の真骨頂は犯罪小説。だいたい、長男が「人が何人も集まれば、殺意が生れておかしくないさ」（一五四頁）などと言ってしまう殺し屋なのだから、サスペンスが目白押しだ。大悪党・小悪党がひしめきあう本作、中でもストーリーを引っ張る悪人が、〈橋口シャツ〉の橋口社長である。

妻子がありながら愛人に店を持たせようと金を湯水のように使い、裏では秘書の三橋元《みはしもと》子《こ》を通して雇った殺し屋に次々と人を殺させる。その殺戮《さつりく》の理由が判明したとき、読者はあまりの身勝手さに怒りを覚えるとともに、『とりあえずの殺人』というタイトルの意味を知ってゾッとすることになるのだ。

本作が初めに刊行されたのは二〇〇〇年だという。僕（一九八〇年生まれ）の世代ならピンとくるはずだが、この数年前に、橋口とよく似た犯罪に手を染めた実在の犯罪者がいる。複数の愛人を操り人形のように使い、数々の恐ろしい殺人劇を繰り広げたその手口に、日本中が震撼したものだった。橋口というキャラクターがかの殺人犯をモデルに作られた——とまでは言わない。しかし、エッセンスを取り入れて造形されたことは想像に難くない。二〇〇〇年以降も、この手の殺人事件はちらほらニュースを騒がせており、本作は、「普遍的な社会問題を取り入れた犯罪小説」としても読むことができるのだ。

どうだろう。ざっと挙げただけでも本作がいかに多面的な小説なのかがわかるだろう。おそらく僕が気づいていないだけで、もっともっといろいろな面がある。「小説は、百人いれば百通りの読み方がある」などとよく言われるが、小説の側に多くの読者を受け入れる準備がなければ読者は広がらない。赤川次郎の作品にはその力があり、だからこそ、寿司屋の大将から六本木のバーテンダーまで、幅広い読者を魅了する作家たりえるのである。

今まで多くの人に読まれてきた赤川次郎作品。今後もきっと、愛され続けていくのだろうなあ——。

僕の目には、そう遠くない将来、「これは読んだ。これも読んだ。……あっ、読んでない」と、星々のあいだを漂いながら電子書籍端末をスクロールする、宇宙飛行士の姿が見える。

★地球のみんなは、本屋にも足を運ぼう！

二〇〇三年十二月　光文社文庫刊

光文社文庫

長編推理小説

とりあえずの殺人《さつじん》　新装版

著者　赤《あか》川《がわ》次《じ》郎《ろう》

2022年7月20日　初版1刷発行

発行者　鈴木広和
印刷　新藤慶昌堂
製本　フォーネット社

発行所　株式会社 光文社
〒112-8011　東京都文京区音羽1-16-6
電話 (03)5395-8149　編集部
8116　書籍販売部
8125　業務部

落丁本・乱丁本は業務部にご連絡くだされば、お取替えいたします。
ISBN978-4-334-79387-6　Printed in Japan

組版　萩原印刷

赤川次郎ファン・クラブ

三毛猫ホームズと仲間たち

入会のご案内

会員特典

★会誌「三毛猫ホームズの事件簿」(年4回発行)
会誌の内容は、会員だけが読めるショートショート(肉筆原稿を掲載)、赤川先生の近況報告、先生への質問コーナーなど盛りだくさん。

★ファンの集いを開催
毎年夏、ファンの集いを開催。賞品が当たるクイズ・コーナー、サイン会など、先生と直接お話しできる数少ない機会です。

★「赤川次郎全作品リスト」
600冊を超える著作を検索できる目録を毎年5月に更新。ファン必携のリストです。

ご入会希望の方は、必ず封書で、〒、住所、氏名を明記の上、84円切手1枚を同封し、下記までお送りください。(個人情報は、規定により本来の目的以外に使用せず大切に扱わせていただきます)

〒112-8011
東京都文京区音羽1-16-6
(株)光文社　文庫編集部内
「赤川次郎F・Cに入りたい」係

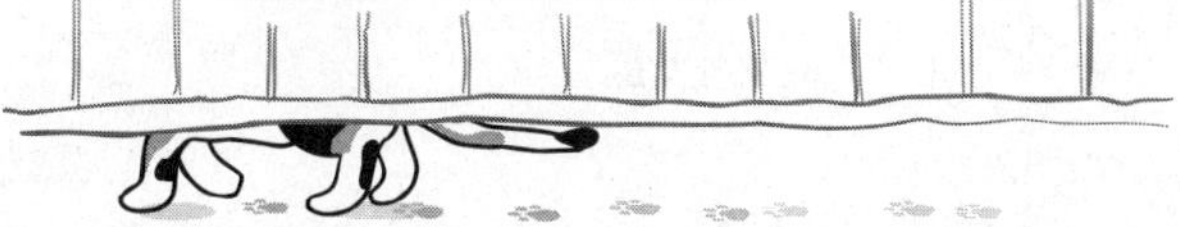